Der alte Mann und das Glück

Von der Kunst das Leben zu feiern

Philipp Sommer

Druckausgabe ISBN: 9798594054776

Covergestaltung © 2020 Philipp Sommer
Foto: Georgios Tsichlis, Shutterstock
Motiv: Die Bucht von Glyka Nera, Kreta

"Unter allem, was die Weisheit zum glücklichen Leben beiträgt, gibt es kein größeres Gut als die Freundschaft, keinen größeren Reichtum, keine größere Freude."

Epikur

Für Lisa

*

Als Ben Schilling aus trübsinnigen Träumen erwachte, durchzuckte ihn ein Schreck: Sein Handy-Wecker hatte nicht Alarm geschlagen! Hatte er verschlafen?

„Shit!“, zischte er ins leere Schlafzimmer. Mit pochendem Herzen setzte er sich auf und suchte nach seinem Smartphone. Hatte er vergessen, den Alarm zu stellen? Doch im nächsten Augenblick fiel es ihm wieder ein: Er hatte heute frei. Und nicht nur heute, sondern die ganzen nächsten vier Wochen. Ächzend ließ er sich wieder auf die Matratze sinken. Halb mit Erleichterung, halb mit einem unbestimmten Gefühl der Beklommenheit.

Eigentlich hätte er die kommenden vier Wochen als Regisseur und inhaltlich Verantwortlicher eine Kochsendung produzieren sollen. Doch sein semiprominenter TV-Koch war offenbar auch ein semitalentierter Skifahrer, denn er hatte sich auf einer Piste in Sankt Anton mehrere komplizierte Brüche zugezogen und lag nun eingegipst in der Klinik. Die komplette Produktion war auf unbestimmte Zeit vertagt worden, und so hatte Ben nun eine unverhoffte Auszeit vor sich. Natürlich ging ihm ein gutes Honorar durch die Lappen. Aber das war es nicht, was ihn verstimmte. Er würde einen Teil der Gage als Ausfallhonorar bekommen. Außerdem hatte er als erfahrener Freiberufler genügend Rücklagen gebildet, um solche Durststrecken zu überbrücken. Er hätte sich also über die geschenkte Freizeit freuen können. Aber das tat er nicht. Stattdessen rumorte in seinem Inneren eine tiefsitzende miese Stimmung.

Ben hasste freie Tage. An solchen Tagen hatte er zu viel Zeit, über sein Leben nachzugrübeln. Ein Leben, das zwar oberflächlich erstrebenswert erscheinen mochte: Er war ein erfolgreicher TV-Producer, bewohnte eine schicke kleine Mietwohnung mit Dachterrasse in einer Villa am grünen Rand von Berlin, fuhr einen BMW der gehobenen Mittelklasse und hatte von Berufs wegen Kontakt zu einigen Berühmtheiten, auch wenn diese eher zur B- und C-Liga zählten. Aber sein Leben machte ihn nicht glücklich.

Nicht, dass es für ihn nicht auch dann und wann kleine Glücksmomente gab. Aber die waren rar gesät, und die miese Stimmung war seine ständige Begleiterin geworden.

Was um alles in der Welt war los mit ihm? Warum fühlte sich alles so schwierig und belastend an? Wieso konnte er nicht einfach entspannt und fröhlich sein wie andere Leute? Er verstand es nicht.

Immerhin lenkte ihn die Arbeit von seinem Trübsinn ab. Aber jetzt, da vier freie Wochen vor ihm lagen, erfüllte ihn eine erstickende Angst vor der Leere. Er zog die Bettdecke unter sein Kinn, drehte sich zur Seite und hoffte, noch einmal einschlafen zu können. Doch er wälzte sich nur unruhig hin und her. An Schlafen war nicht zu denken.

Schließlich schleuderte er entnervt die Decke zur Seite, setzte sich auf die Bettkante, rieb sich über sein Gesicht und zwang sich aufzustehen.

Er zog Bademantel und Pantoffeln an, schlurfte ins Treppenhaus zu seinem Briefkasten, um sich die Tageszeitung zu holen, kochte in der Küche einen Milchkaffee, setzte sich an seinen Küchentisch und faltete die Zeitung auf. Dabei fiel ein Werbeflyer heraus, der für Urlaubsreisen Reklame machte.

Urlaubsreisen...

Ben überlegte. Konnte das vielleicht die Lösung sein?

Er hatte schon seit Jahren keine Reise mehr gemacht. Aus lauter Abscheu vor der bedrohlichen Leere freier Tage hatte er jedes Jobangebot angenommen und auf diese Weise sein Leben mit Arbeit zugepflastert – von wenigen kurzen Auszeiten abgesehen.

Nun dachte er daran, wie er die nächsten vier Wochen zuhause verbringen würde: Trübsal blasen, Netflix-Serien glotzen, sich mit seinen oberflächlichen Bekannten treffen, oberflächliche Gespräche führen, zu viel Wein trinken. Und vor allem: trostlos vor sich hin grübeln. Reisen hingegen wäre immerhin eine Chance sich abzulenken. Und ein Tapetenwechsel tat der Seele ja angeblich gut.

Während er darüber nachsann, kam ihm plötzlich ein Einfall: Er dachte daran, wie er vor Jahren am Flughafen Tegel an einem Last-Minute-Reisebüro vorbeigekommen war. Damals hatte er gedacht: Wie aufregend musste es sein, ohne Reiseziel mit gepackten Koffern zum Flughafen zu fahren – und erst im Reisebüro zu entscheiden, wohin es gehen sollte!

Ben spürte, wie ihm diese Idee einen freudigen Energiekick versetzte, und ohne weiter darüber nachzudenken, stellte er seine Kaffeetasse ab, stand auf, und dann begann er, seinen Koffer zu packen und Vorbereitungen zu treffen. Kaum zwei Stunden später schloss er die Wohnungstür hinter sich zu und stieg ins Taxi.

*

Hektisch kämpften die Scheibenwischer gegen die Wassermassen an, die gewaltsam gegen die Windschutzscheibe prasselten. Das betagte Taxi roch nach kaltem Rauch und Vanille-Wunderbaum. Maulend und motzend drängelte sich der Fahrer durch den Vormittagsverkehr, während Ben aus dem Fenster blickte und graue Plattenbaufassaden und bleierne Unwetterwolken vorbeiziehen sah. *Adios Berlin*, dachte er, *wie werde ich dich... nicht vermissen.*

Es war ein gutes Gefühl, dass er all das nun hinter sich lassen konnte, wenigstens für drei Wochen – so lange wollte er reisen. Es war Mitte März, keine schlechte Reisezeit: Vorsaison, noch nicht zu heiß, wenig Touristen, gemäßigte Preise. Wohin würde es wohl gehen? Ben spürte ein aufgeregtes Prickeln in seinem Bauch und träumte von sonnigen Stränden, malerischen Landschaften und gutem Essen. Zum ersten Mal seit langer Zeit empfand er wieder so etwas wie Freude.

*

Sympathisch war sie ja, die kleine Reisebürofachangestellte mit ihren braunen Murmelaugen – zumindest auf den ersten Blick. Sie war etwas pummelig, trug eine niedliche weiße Bluse, die braunen Haare hochgesteckt und war ein recht hübscher Anblick.

Hätte sie nur nicht angefangen zu reden.

„O-Käse", sagte sie, nachdem sie eine Weile auf der Tastatur herumgeklappert hatte. Ben fragte sich kurz, was das bedeuten sollte, bis er begriff, dass das offenbar eine mehr oder weniger lustige Abwandlung von 'Okay' sein sollte

„Werden wa ma konkreter. Wie wärs mit Kreta?"

Sie schaute ihn an, wohl um zu sehen, ob ihr kleiner Gag ihn zum Lächeln gebracht hatte. Hatte er nicht. Aber nun zwang sich Ben zu einem.

„Also, ick hätte da drei Wochen Nordküste. All-inklu für eins-fünf glatt. Vier Sterne. Cluburlaub. Jenau dit Rischtije für nen eensamen Single." Dabei schaute sie zu ihm hoch und machte anzügliche Bewegungen mit den ausgeprägten Augenbrauen.

„Kreta is toll", setzte sie hinzu. „Ick war schon ma da. Schaue Landschaften, Mega-Essen. Da kann man rischte schön einfach ma degenerieren!"

Ben fragte sich, ob das wieder ein Witz sein sollte oder ob sie tatsächlich glaubte, das richtige Wort verwendet zu haben. Er tendierte zu Letzterem.

„Der Flug startet in vier Stunden!", sagte die Murmeläugige dann.

Kreta also... - Mittelmeer, Kultur, Antike...

„Geht klar", sagte er, ohne lang zu überlegen.

Bis zum heutigen Tag hatte er Pauschalreisen konsequent gemieden. Aber jetzt, da seine Stimmung einen Tiefpunkt erreicht hatte, konnte es ohnehin nicht mehr viel schlimmer kommen. Und es würde nicht schaden, sich mal um nichts selbst kümmern zu müssen und den Ball ganz flach zu halten. So warf er seine Vorurteile über Bord.

„Na, denn is ja allet paletti in Cincinnati!"

Ben lächelte wieder gezwungen und überreichte seine Kreditkarte.

*

Vier Stunden später saß er auf seinem Fensterplatz im hinteren Teil des Ferienfliegers und versuchte sich zu entspannen. Doch daran war nicht zu denken. Turbulenzen schüttelten das Flugzeug durch. Kleinkinder schrien und zankten. Die Vorfreude auf die Reise drohte sich schon wieder zu verflüchtigen.

„Ganz schön schaukelig, was?", sprach ihn sein korpulenter Sitznachbar mit Halbglatze an. Er grinste breit und beabsichtigte ganz offensichtlich, eine Unterhaltung mit ihm anzuzetteln.

„Äh, ja", sagte Ben kurz angebunden. Er war nicht in der Stimmung für eine Unterhaltung und sah lieber aus dem Fenster. Nachdem er eine Weile lang vor sich hin gedöst hatte, packte ihn eine lähmende Müdigkeit, und er sank in unruhigen Schlummer.

Als er erwachte, waren sie schon im Landeanflug. Während Ben aus dem Fenster sah, begann sich seine Stimmung wieder aufzuhellen: Goldenes Sonnenlicht glitzerte auf der türkis schimmernden Ägäis. Die Insel präsentierte sich wie eine Kitschpostkarte mit ihren grünen Hügeln und schneebedeckten Bergmassiven. Er war überrascht, wie gebirgig Kreta war. Mit einem Lächeln lehnte er sich in den Sitz, atmete durch und beschloss, dem Ganzen eine faire Chance zu geben.

*

Der Transferbus zum Hotel war voll und stickig, aber davon ließ sich Ben sein frisch aufgekeimtes Wohlgefühl nicht vergällen. Stattdessen lenkte er seine Aufmerksamkeit auf die sonnig funkelnde Welt da draußen. Rund um den Flughafen der Inselhauptstadt Heráklion gab es zunächst wenig Erfreuliches zu sehen. Eine mittlere Großstadt, teilweise ein bisschen heruntergekommen, mit Betonwohnklötzen, Hotelghettos, Industrieanlagen und qualmenden Kraftwerken. Von Urlaubsparadies kaum eine Spur.

Doch je weiter der Bus diesen Miniaturmoloch im Mittelmeer hinter sich ließ, desto reizvoller zeigte sich Kreta. Die Insel beeindruckte nicht nur mit wohlgeformten Bergmassiven, sondern erfreute das Auge mit smaragdgrünen Paradiesstränden, schroffen Felsspitzen, Sanddünen, steinigen Steilhängen, Schluchten, saftigen Wiesen, Weingärten und Olivenhainen, und das alles herausgeputzt in einer Frühlingsblütenpracht, deren betörende Düfte durch die Klimaanlage in den Bus drangen.

Kurz vor der Ankunft am Hotel unweit der Hafenstadt Rethymnon ließ die Sonne ihre Absicht erkennen, sich bald rotgolden hinter dem Horizont zurückzuziehen, und sie ergoss eine funkelnde orangefarbene Lichterbahn über die Ägäis, gekrönt von einer Himmelsfarbpalette, die von einem saftigen Gelb über Glutrot bis hin zu sattem Flieder reichte.

Bens Hotel war die letzte Station des Transfer-Busses. Außer ihm war nur ein älterer Mann im Bus verblieben, der drei oder vier Reihen vor ihm saß. Ben wurde bewusst, dass er den Alten heute schon mehrfach gesehen hatte. In der Wartehalle im Flughafen kurz vorm Boarding hatte er mit einem Geschwisterpärchen im Vorschulalter Späße gemacht, hatte ihnen irgendwelche Geschichten erzählt, sie zum Lachen gebracht und war mit deren jungen Eltern ins Gespräch gekommen. Später im Flugzeug hatte er einige Reihen vor ihm gesessen und mit den Stewardessen geschäkert, die offenbar ganz angetan waren von seinem heiteren Charme. Er schien eine Frohnatur zu sein, jemand, der mit allen gut konnte und immer prächtige Laune hatte.

Ben hatte das mit einem gewissen Neid beobachtet. Er selbst war weit davon entfernt, so ausgelassen mit anderen Leuten herumzuscherzen. Und eine Fröhlichkeit, wie dieser Mann sie zur Schau stellte, kam ihm so unerreichbar vor, wie die Superpower von Actionhelden, etwa Supermans Röntgenblick oder die Fähigkeit zu fliegen.

Schließlich erreichte der Bus seine letzte Station. Beim Aussteigen sprach der Alte Ben an, machte einen Kommentar dazu, dass sie endlich am Ziel waren, doch Ben antwortete nur einsilbig.

An der Rezeption checkte er ein und wurde zu seinem Zimmer geführt. Die Hotelanlage entpuppte sich als malerisch. Kein wuchtiger Touristenkasten war das, sondern eine liebevoll arrangierte dorfähnliche Ansiedlung, bestehend aus einem dezenten terrakottafarbenen Hauptgebäude mit Rezeption, Speisesaal und Spa, um den herum sich ein Ensemble aus Bungalows und Minivillen im selben Farbton gruppierte. Gepflasterte Wege schlängelten sich durch die weitläufige Anlage, gesäumt von Palmen, Kakteen und üppig blühendem Oleander.

Hier ein Springbrunnen, dort ein Bächlein unter einer Steinbrücke; es gab zwei Pools, mehrere Gärtchen mit Blumenbeeten und Spielwiesen, und da und dort spazierte ein Pfau gemütlich seines Weges, während Zikaden geräuschvoll zirpten und Vögel zwitscherten. Kurz: Ben Schilling hatte sich in ein veritables Idyll eingemietet.

Seine Juniorsuite war sauber, schnörkellos und stilvoll eingerichtet: Helle Farben, unaufdringliche Hotelmalereien, ein einladendes Kingsize-Bett und ein freundliches Designer-Bad ließen keine Zweifel aufkommen, dass das Ressort seine vier Sterne vollkommen zurecht im Logo trug. Er hatte sogar einen terrassenartigen Balkon.

Ben packte seinen Koffer aus, richtete sich im Zimmer ein, frischte sich auf und begab sich dann in den Speisesaal, wo ihn ein reich bestücktes Büfett voll mediterraner Köstlichkeiten willkommen hieß: Gefüllte Weinblätter, vielerlei Arten frische und eingelegte Oliven, mehrere Käseplatten, bunte Salate, wohlriechende Fisch- und Fleischgerichte, Bifteki, Moussaka und Souvlaki, selbstredend Gyros sowie eine große Schüssel Tsatsiki. Zusätzlich lockte ein opulentes Dessert-Büfett mit allerlei Gebäck und Kuchen, Eis, Früchten und einem blubbernden Schokoladenbrunnen, um den sich aufgeregte Kinder tummelten.

Während Ben sich bereits ausrechnete, wie viel er in den kommenden drei Wochen zunehmen würde, musste er gegen den inneren Drang ankämpfen, seinen Teller zügellos vollzuladen, und er zwang sich zu einer gewissen Mäßigkeit, indem er sich fürs Erste mit Salat, Fisch und Rosmarinkartoffeln begnügte. Er hatte bereits einen Bauchansatz, und auf den war er nicht unbedingt stolz.

Er suchte sich einen freien Platz im Saal, der zum Außenpool hin offen war und in eine beschirmte Terrasse überging. Das Ressort schmiegte sich an den Hang eines Olivenhains. Von hier oben blickte man hinunter in ein Tal, durch das sich ein ausgetrocknetes Flussbett zum Mittelmeer hin schlängelte, das ein paar Hundert Meter entfernt in der Dämmerung lag, nah genug, dass das Wellenrauschen leise bis hierher drang.

Von seinem Tisch aus schaute Ben auf den Infinity-Pool, der scheinbar nahtlos in die umgebende Landschaft überging, und dahinter zum Tal und zum Meer. Die violette Abenddämmerung spiegelte sich im Pool, über dem einige Schwalben kreisten, die immer wieder nach Insekten schnappten, die anscheinend über der Wasseroberfläche schwebten. Längst war die Sonne hinter der Horizontlinie abgetaucht, und zum Dämmerlicht gesellte sich der warme Schein einiger gusseiserner Laternen.

Speisesaal und Terrasse waren wie seine Suite hell und elegant gestaltet: Am Boden weißer Marmor, die ledergepolsterten Stühle hellbeige gehalten, blütenweiße Tischdecken, kurz: alles sehr schlicht, freundlich und edel. Hier konnte man es eine Weile lang aushalten, befand Ben und gab beim Kellner eine Karaffe Rotwein in Auftrag.

Als wenig später der Wein kam, traf sein Blick auf den älteren Mann aus dem Bus, der zwei Tische weiter allein vor seinem geleerten Teller saß und ihm mit einem halbvollen Wasserglas freundlich zuprostete. Jetzt hatte Ben Gelegenheit, ihn genauer in Augenschein zu nehmen. Er war bemerkenswert schlank, hatte sich zum Dinner in ein lässigelegantes Sportsakko aus cremefarbenem Cord geworfen, trug silberne Locken, die adrett nach hinten gekämmt waren, während ihm einzelne Strähnen in die Stirn fielen, und er hatte wirklich außergewöhnlich freundliche Augen.

Ben erhob ebenfalls sein Glas, nickte dem Mann zu, vermied aber einen allzu langen Augenkontakt und widmete sich stattdessen seinem Abendessen. Vielleicht mochte sich seine Stimmung in den nächsten Tagen ein bisschen aufhellen, und dann wäre er auch bereit für eine Urlaubsbekanntschaft. Aber im Moment wollte er lieber für sich sein. Und überhaupt war er nicht übertrieben scharf darauf, sich mit so einem Zausel zu beschäftigen. Während Ben das dachte, wurde ihm bewusst, dass das kein sonderlich sympathischer Zug von ihm war. Irgendwie war er in den letzten Jahren wohl zu einem Misanthropen geworden.

Nachdem er sich einen weiteren Hauptgang mit Gyros und Tsatsiki gegönnt hatte und danach noch einen Dessertteller, stand er mit einem lähmenden Völlegefühl mühsam auf. Ein kurzer Blickkontakt mit dem Alten ließ sich nicht vermeiden, der immer noch da saß und in den Abend hinaussah. Er lächelte Ben zu, der mit einem kurzen Nicken antwortete und sich zügig aus dem Staub machte.

*

Die nächsten Tage verbrachte Ben damit, sich mit der Anlage vertraut zu machen, die Umgebung rund um das Hotel zu erkunden und ansonsten am Pool in der Sonne zu brutzeln und zu lesen. Wirklich heiß war es nicht. Um die Mittagszeit herum war es aber in der Sonne angenehm warm. Wenn es mal etwas frischer wurde, zog sich Ben ein T-Shirt über. Die ungewohnte Umgebung und das Lesen bewirkten, dass er nicht ins Grübeln verfiel. Doch er spürte in sich eine innere Schwere und Antriebslosigkeit – aber das war ja hier nicht weiter tragisch, denn er brauchte sich nur zwischen seinem Bett, dem Speisesaal und der Sonnenliege am Pool hin und her zu bewegen.

*

Es war am dritten Abend, während Ben sich am Abendbüfett seinen Teller mit Moussaka volllud, als er zusammenzuckte, da er plötzlich direkt neben sich eine sonore Stimme hörte, die sagte:

„Eins muss man den Griechen lassen: Kochen können die, nicht wahr?"

Ben wandte sich um: Da stand der Zausel, wie aus dem Ei gepellt im weißen Leinenanzug, und strahlte ihn mit seinen funkelnden Augen so freundlich an, dass er – überrascht von sich selbst – zurück lächelte. Nun strahlte der Alte noch breiter.

„Diese Moussaka ist ein Teufelszeug! Man kann gar nicht aufhören damit!", sagte er und ließ sich von Ben das Besteck reichen, um sich ebenfalls vom Auflauf zu nehmen, wenn auch eine sehr viel bescheidenere Portion. „Schön, hier auch Berliner zu treffen. Ansonsten sind die meisten hier wohl Engländer. Sie sind doch aus der Hauptstadt?"

Ben nickte, während sie zum Gyros schlenderten und sich auch dort bedienten.

„Wir Berliner müssen zusammenhalten!", sagte der Alte. „Machen Sie mir doch die Freude und leisten Sie mir beim Essen Gesellschaft!"

Und schon war genau das passiert, was Ben hatte vermeiden wollen: Der Opa hatte ihn am Haken. Er nickte schicksalsergeben und trottete gemeinsam mit ihm zu einem der freien Tische am Pool.

Sie nahmen Platz.

„Mein Name ist Winterfeld. Max Winterfeld. Ich freue mich sehr, Ihre Bekanntschaft zu machen!“, sagte der Alte etwas förmlich, aber sehr charmant.

Wieder konnte Ben nicht anders und lächelte zurück, während er sich seinerseits vorstellte.

„Wollen wir nicht übrigens 'du' sagen?“, fragte Max.

„Gerne.“

„Aus welcher Ecke von Berlin kommst du?“

Ben nannte seine Wohngegend, und aus Max platzte es heraus:

„Ich werd' verrückt. Dann sind wir ja fast Nachbarn!“ Er lachte herzlich und fuhr dann fort: „Da wohnen wir noch nicht mal einen Kilometer von einander entfernt und müssen erst ans andere Ende von Europa fliegen, um uns kennen zu lernen!“

Ben ließ sich von seinem Lachen anstecken, und so verbrachte er das Abendessen mit seinem Tischgenossen plaudernd und in aufgeräumter Stimmung.

Nach dem Essen blieben die zwei noch beisammen sitzen. Max sah Ben eine Weile wohlwollend in die Augen und sagte dann:

„Ich habe dich gerade zum ersten Mal lächeln sehen. Du hast wirklich ein schönes Lächeln. Du solltest das öfter machen!“

„Was machen?“

„Na, lächeln."

„Ach so, ja. Natürlich!"

Sie lachten. Ben fiel jetzt noch deutlicher auf, wie bemerkenswert die Augen des alten Mannes waren: Da war ein außergewöhnliches Leuchten und Funkeln, das einen unwiderstehlich in den Bann zog. Es waren die Augen eines jungen Mannes, fast eines Jugendlichen - grüne Augen, smaragdgrün wie Kretas Traumstrände, dachte Ben.

Unwillkürlich fiel ihm ein Wort ein, das er mal in einem Roman gelesen hatte und das perfekt zu dem Mann vor ihm passte: Sternenaugen. Er überlegte kurz, welches Buch das gewesen sein konnte, dann fiel es ihm wieder ein: Es war Thomas Manns 'Felix Krull'. Auf einer Zugfahrt machte der Protagonist Felix eine Reisebekanntschaft - ganz wie er selbst heute. Dabei handelte es sich um den Naturwissenschaftler Professor Kuckuck. Und der hatte ganz besondere Augen: Sternenaugen - so nannte Felix sie. Ja, dieses Wort passte auch zu seinem Tischgenossen: Max hatte Sternenaugen. Aber während das Sternenhafte der Augen des Professors aus seiner Gelehrtheit und Geistesgröße entsprang, so war es im Fall von Max eher dessen einzigartige Lebenslust und Heiterkeit, die seine Augen zu Sternenaugen machten.

Da war eindeutig etwas Besonderes mit diesem Max. Etwas in seiner Art, das Ben tief im Innern berührte und faszinierte. Was war das bloß? Was für ein Mensch war er? Was war sein Geheimnis?

„Und bist du das erste Mal auf Kreta?", fragte Max.

„Ja. Und du?"

„Ich war vor drei Jahren schon mal hier. Mit meiner Frau Anna."

Max seufzte.

„Ist deine Frau..."

„Ja", sagte Max. „Vor etwa einem Jahr."

„Oh, das tut mir leid."

„Danke. Ist schon okay... wir hatten geplant, noch einmal zusammen herzukommen. Es gab da eine Sache, die wir hier gemeinsam erleben wollten... einen Traum."

„Was für einen Traum?"

„Sagen wir... ein kleines Abenteuer..."

Max hielt inne und schaute versonnen in die Ferne. Ben bemerkte, dass sich Feuchtigkeit in seinen Sternenaugen sammelte. Beide schwiegen einen Moment lang, und Ben fragte sich: Was mochte das für ein Traum sein? Was für ein Abenteuer? Aber er hatte das Gefühl, es wäre taktvoller, nicht weiter nachzuhaken.

„Aber nun ist Anna ja... sagen wir: etwas dazwischengekommen...", fuhr Max fort. „Und so erfülle ich unsere Mission allein..."

Er hielt kurz inne und fuhr dann fort: „Und du bist ja auch allein unterwegs. Bist du Single?"

„Ja."

„Da haben wir noch eine Gemeinsamkeit!", lächelte er und stieß mit Ben an. „Schon die zweite." Dann blickte er hinaus zum Meer und sagte:

„Diese Insel gehört zu meinen liebsten Orten. Die Landschaften sind wunderschön, und kulturell ist diese Insel einzigartig. Wusstest du, dass hier die erste Hochkultur Europas entstand, die der Minoer?"

„Nein."

„Nun, ich will dich nicht mit Details langweilen. Jedenfalls... überall finden sich Überreste aus dieser Zeit. Und noch etwas ist interessant: Der Mythologie nach soll Göttervater Zeus auf Kreta geboren worden sein."

„Tatsächlich? Das ist wirklich interessant. In meiner Kindheit hat mir meine Mutter oft antike Sagen vorgelesen – also kindgerechte Bücher mit den alten Geschichten. Ich fand das immer sehr spannend. Odysseus, Achilles und die Götter..."

„Das ist schön! Ich habe auch eine Leidenschaft für Geschichten. Schon als Kind habe ich viel gelesen. Später habe ich Literatur studiert. Und wurde dann Lektor bei einem Verlag. Geschichten haben mich mein Leben lang begleitet."

„Also hast du deine Passion zum Beruf gemacht."

„Genau!"

„Beneidenswert."

„Was machst du?"

„Tatsächlich habe ich auch viel mit Geschichten zu tun. Ich bin TV-Producer."

„Und was macht man da so?"

„Im Grunde bin ich so etwas wie ein Regisseur. Ich trage die inhaltliche Verantwortung beim Drehen von verschiedensten Sendungen, sitze auch viel im Schnitt und sorge dafür, dass wir starke Geschichten erzählen."

„Wie schön! Da haben wir also noch etwas gemeinsam. Dein Beruf klingt sehr spannend!"

„Ja, das ist er wohl... irgendwie... Und natürlich abwechslungsreich..."

„Wirklich begeistert klingt das nicht."

„Ach, ich bin mir halt nicht sicher, ob das wirklich der Job ist, den ich für den Rest meines Lebens machen will."

„Das geht vielen so. Aber du bist ja noch jung und hast viel Zeit, deine wahre Bestimmung zu finden. Darf ich fragen, wie alt du bist?"

„Ach Gott", ächzte Ben. „Ich gehe auf die 40 zu. Ich bin 37."

„Du liebe Güte... wie beneidenswert! Blutjung!"

„Blutjung?!", prustete Ben. „Netter Scherz!"

„Nein, nein. Ich meine das ganz im Ernst. Was würde ich dafür geben, nochmal so jung zu sein!" Er sah Ben an und schüttelte versonnen lächelnd den Kopf. Ben konnte nicht anders: Er musste wieder lachen.

„Was ist daran komisch?", wollte Max wissen.

„Naja", erwiderte der Jüngere, „zufällig habe ich gerade in letzter Zeit besonders oft daran gedacht, wie alt ich inzwischen bin. Ich meine... 37! Mein Gott! Statistisch gesehen habe ich schon gut die Hälfte verballert, und ab jetzt wird alles nur noch schlimmer. Der Körper verfällt, man bekommt Zipperlein, Falten, Speckrollen, graue Haare..."

„Also, jetzt bin ich aber doch ein bisschen beleidigt!", sagte Max mit ernster Miene, die sich jedoch gleich als geschauspielert entpuppte, da Max wieder anfing zu lachen. „Das ist der größte Blödsinn, den ich je gehört habe!" fügte er hinzu.

„Aber so fühlt sich das nun mal an“, sagte Ben und fand das Lachen des Alten etwas unsensibel.

„Seit wann geht dir das so?“, fragte Max.

„Was?“

„Dass du dich schlecht fühlst wegen deines Alters.“

Ben dachte nach. Dann erwiderte er:

„Also, genau genommen fing das schon mit Ende 20 an. Ich dachte damals: Ich werde bald 30! Oh mein Gott, ist das alt! An meinem Dreißigsten habe ich nicht gefeiert, sondern mich frustriert volllaufen lassen. Ich fand's schrecklich.“

„Und seitdem fühlst du dich alt?“

„Ja, im Grunde schon...“

„Und ist das nur so ein Gedanke, der dann und wann auftaucht? Oder ist es mehr?“

„Ich weiß nicht... ich würde sagen, dass es eher so mein Grundgefühl ist. Ich habe die beste Zeit hinter mir, und jetzt geht es immer weiter abwärts.“

Max schüttelte missbilligend den Kopf und sagte: „Jetzt muss ich dich aber mal was fragen: Denk mal nach. Warst du mit 30 alt?“

Ben überlegte. Dann erwiderte er: „Nein, wohl eher nicht. Ich wäre liebend gerne wieder 30. Da war ich jung. Also, im Vergleich.“

Max grinste ihm breit ins Gesicht. Ben dachte nach und fügte hinzu: „Als ich mit 30 in den Spiegel schaute, fand ich mich grauenhaft alt. Wenn ich mich jetzt auf Bildern sehe, auf denen ich in dem Alter war, sehe ich fast einen Teenager.“

Max lachte. Dann wurde er etwas ernster:

„Siehst du?“

„Hmm…“, machte Ben.

„Das ist wirklich traurig: Wie viele Menschen haben dieses deprimierende Gefühl in sich, dass sie schon so alt sind… Wenn du mich fragst, ist das eine der Krankheiten unserer Gesellschaft. Schönheit und Jugend werden kultisch verehrt, und wer nicht mehr blutjung ist und umwerfend aussieht, ist nur noch zweite Klasse. Reife und Erfahrung zählen nichts mehr. Und alle haben Angst vorm Älterwerden. Überleg doch mal: Wie viele Jahre hast du bereits damit verbracht, dich schlecht zu fühlen, weil du schon so alt bist?“

Ben sah Max an und nickte: „Einige…“

„Und warst du in all den Jahren alt?“

„Nein, im Grunde nicht. Also, im Vergleich zu heute war ich jung – logischerweise.“

„Siehst du? Was für ein Wahnsinn! Ebenso gut hättest du all diese Jahre damit verbringen können zu feiern, dass du noch so jung bist!“

„Ja gut, aber damals konnte ich ja noch nicht ahnen, dass ich das heute ganz anders sehen würde.“

Max lachte wieder und sagte:

„Du merkst schon selber, dass das Quatsch ist, oder?“

Ben überlegte, nickte dann und grinste kleinlaut in sich hinein.

„Das ist alles eine Frage der Einstellung“, sagte Max. „Oder, wie man heutzutage sagt: eine Frage des Mindsets. Egal, wie man es betrachtet: So jung wie heute wird man für den Rest seines Lebens nicht mehr sein! Und egal, von welchem Punkt in deinem Leben aus du in die Vergangenheit schaust. Immer wirst du denken: Mein Gott, wie jung ich damals war! Also ist es vollkommen gegen jede Logik – und gegen jede Lebensklugheit – auch nur einen einzigen Gedanken daran zu verschwenden, wie alt man schon ist. Solche Gedanken gehören direkt in die Mülltonne."

Ben nickte langsam.

„Du musst das alles im größeren Zusammenhang sehen und dir klar machen, dass du irgendwann so alt sein wirst wie ich heute. Und weißt du, was das Verrückte ist? Auch heute bin ich nicht alt. Ich bin verhältnismäßig jung."

Ben lachte und fragte dann: „Wie alt bist du überhaupt?"

„72. Und nun halt dich fest: Meine Mutter lebt noch. Sie ist stolze 94. Ein bisschen tatterig und schusselig, aber immer noch rüstig und klar im Kopf. Die ist alt. Im Vergleich dazu bin ich das blühende Leben. Wenn ich aus ihrer Sicht irgendeinen Blödsinn gemacht habe, dann sagt sie zu mir: 'Mein Gott, Junge, du bist noch so grün hinter den Ohren!' Das sagt sie *heute noch* zu mir!"

Die beiden lachten, doch Ben wurde wieder etwas stiller, als ihm immer klarer vor Augen stand, wie sehr er jahrelang sein eigenes Lebensglück sabotiert hatte.

„Also, wenn du dich das nächste Mal alt fühlst, dann stell dir eine 94-jährige alte Schachtel vor, die dir auf den Hintern haut und dich fragt, ob du auch frische Unterwäsche angezogen hast", lachte Max. „Dann weißt du, dass du jung bist."

„Wie?", lachte Ben, „das macht die?"

Max zuckte schicksalsergeben mit den Schultern. „Wir wohnen zusammen. Da bleibt so etwas wohl nicht aus."

„Wirklich? Ihr wohnt zusammen?"

„Natürlich. Ich lasse die arme alte Dame doch nicht in irgend einem Altersheim vergammeln. Das würde ich nicht übers Herz bringen."

Ben schaute ihm beeindruckt in die Augen.

„Dieser Gedanke: *Ich bin schon so alt...*", setzte Max hinzu, „das ist ein toxischer Gedanke. Ein Gedanke, der uns krank macht in der Seele. Und ich bin sogar davon überzeugt, dass diese Haltung ganz systematisch von der Werbung und der Industrie in unsere Köpfe gepflanzt wird, weil sich damit ein Haufen Geld verdienen lässt: Kosmetik, Kleidung, Schönheitspillen und und und."

Ben war sich nicht sicher, ob ihn diese Wendung ins Gesamtgesellschaftliche wirklich überzeugte. Eine Verschwörung der Medien und der Konzerne, damit sich alle alt fühlten und ihr sauer verdientes Geld für Produkte ausgaben, mit denen sie sich ein bisschen jünger fühlen konnten?

„Vielleicht ist da ja was dran", sagte er. „Keine Ahnung. Aber das ist auch eigentlich egal. Mit einer Sache hast du mich jedenfalls überzeugt: Man kann sich entscheiden, ob man sich alt oder jung fühlen möchte. Es liegt an einem selbst. Das ist ein bisschen wie die Sache mit dem Glas, das entweder halb voll ist oder halb leer..."

„Ach was!", sagte Max und machte eine abwinkende Handbewegung. „Halbvoll, halbleer... das ist doch

Schnickschnack! Für mich ist das Glas grundsätzlich ganz voll." Er erhob sein Glas und setzte hinzu: „Prost!"

Ben griff nach seinem Weinglas, stieß mit ihm an und lachte: „Aber nur voll Wasser!"

„Oh nein! Voll Leben!", schmunzelte Max.

*

„Und jetzt gehen wir tanzen!", sagte er dann.

„Wie? Was? ... Tanzen?"

Alles Mögliche hätte Ben von ihm erwartet, aber das war so ziemlich das Letzte, was ihm eingefallen wäre.

„Sorry. Ich tanze nicht", gab er zurück.

„Dann siehst du eben nur zu!"

„Hmm... und wo willst du tanzen?"

„Na, hier. Im Hotel. Die haben ein Entertainmentprogramm. Komm, ich zeig's dir."

Max führte Ben in einen Bereich des Ressorts, den er noch nicht kannte. Hier gab es unter freiem Himmel eine Bar und eine Bühne, die zugleich wohl auch die Tanzfläche war, und um die herum sich eine ganze Anzahl von Tischen gruppierte, eingerahmt von einigen Palmen. Ein DJ spielte hinter einem Tresen am Rand der Bühne Discomusik.

An der Bar holten sie sich Getränke, Wasser für Max, Rotwein für Ben, und suchten sich einen freien Platz. Die Tische waren zur Hälfte bereits besetzt, und es herrschte eine gut gelaunte Stimmung. Alle waren braun gebrannt, für den Abend aufgebrezelt und bereit zum Feiern.

Allmählich füllten sich auch die leeren Tische. Nachdem sie eine Weile gesessen und geplaudert hatten, tauchte ein gut aussehender, gut gebauter Grieche in Jeans und weißem Hemd auf und steuerte auf den DJ zu, mit dem er ein paar Worte wechselte. Ben kam es vor, als wären an einigen Tischen die Gespräche verstummt, und es war nicht zu übersehen, dass die meisten hier versammelten Frauen mit ihren schmachtenden Blicken an diesem Typen geradezu klebten, der jetzt mit einem Mikrofon in der Hand auf die Mitte der Bühne trat.

„Good evening, everybody!", rief er voll Energie und mit starkem Akzent, „Are you guys doing alright?"

Allgemeines Gejubel.

„My name is Christos and I have a suprise for you! Tonight we are going to do some Karaoke!"

Erneutes Jubeln.

„Karaoke!", freute sich Max. „Das wird lustig!"

Der DJ richtete eine Fernbedienung auf einen großen LED-Bildschirm über der Bühne, und ein Musikvideo erschien, das allerdings nicht zu der Musik gehörte, die aus den Lautsprechern drang.

„We're going to do this: After you people have performed your songs, you all will choose who is best by clapping your hands, right? The winner will get a very expensive bottle of champagne!"

Der DJ zeigte dem Publikum eine Flasche, während Christos einen von drei Aktenordnern holte, die auf dem DJ-Pult lagen und erklärte, dass in diesen Ordnern alle Songs versammelt seien, die man hier singen könne.

„So let's get started! Pick your songs!"

Allgemeines Tuscheln und Kichern.

„Don't be shy! You can win a nice bottle of champagne!"

Schließlich meldete sich eine Blondine Anfang zwanzig, die mit ihrer gleichaltrigen brünetten Freundin hinter ihren opulenten Fruchtcocktails saß. Christos brachte ihnen den Ordner, und kurz darauf hatten sie gewählt. Der Grieche zog sie auf die Bühne, führte ein kurzes Plauder-Interview mit ihnen, während der DJ den ausgewählten Song bereitmachte. Anne und Jessica kamen aus Bristol und hatten sich *Wannabe* von den Spice Girls ausgesucht.

Der DJ gab ein Zeichen, dass er bereit sei, worauf Christos rief:

„It's your stage, ladys!"

Dann begann das Playback. Anna und Jessica fingen sofort an, wild und etwas überkandidelt zu tanzen und laut und miserabel zu singen. Aber sie hatten offensichtlich eine Menge Spaß, und das Publikum johlte.

Nachdem sie geendet hatten, verließen sie unter Applaus die Bühne. Inzwischen hatten sich weitere Kandidaten gemeldet, die ihre Songs mal grottenschlecht, mal ganz beachtlich zum Besten gaben.

„Jetzt wir!", sagte Max nach einer Weile.

„Bitte was?! Wir?!", erwiderte Ben.

„Natürlich. Wir sind ja nicht zum Vergnügen hier."

„Ohne mich!", sagte Ben.

Max blickte ihn an und erkannte an seinem Gesicht, dass es ihm wirklich ernst damit war.

„Schade. Singst du nicht gerne?"

„Keine Ahnung. Ich habe schon seit Ewigkeiten nicht mehr gesungen. Und das ist auch gut so."

Max schaute ihn etwas mitleidig an und sagte dann:

„Egal, dann singe ich eben alleine!"

Sprach es und ging zum DJ, nahm sich einen der Ordner, blätterte darin und zeigte dann dem DJ den Titel. Anschließend kam er zurück.

„Ich bin beeindruckt", sagte Ben.

„Ach wieso denn?", fragte Max. „Macht doch Spaß!"

„Ja, aber allein auf die Bühne... das muss man erst mal bringen!"

Nach einer weiteren fragwürdigen Performance rief Christos Max auf, der sich ohne zu zögern erhob und voll Energie zur Bühne marschierte. Dann drehte er sich um und präsentierte sich dem Publikum.

Donnernder Applaus und Jubel. Max machte Eindruck! Wie er da stand mit seinem weißen Leinen-Anzug, seiner sportlichen Figur und den funkelnden Sternenaugen, war er schon eine eindrucksvolle Erscheinung.

„So who are you, young man?", fragte Christos.

„I'm Max from Berlin", rief er gut gelaunt ins Mikro. „Happy to meet you nice people!"

Wieder jubelte die Menge.

„What song are you going to sing for us?"

„*Don't stop me now* by Queen."

„Alright! Let's go!"

Das Playback startete, und Max begann, mit lockeren Bewegungen und elastischem Hüftschwung zu tanzen, was ihm den nächsten Jubel einbrachte. Dann kam sein Gesangseinsatz, und Ben verschlug es sofort nach den ersten Takten den Atem. Der Mann konnte singen! Natürlich nicht wie Freddy Mercury, aber er hatte eine wohlklingende, voluminöse Stimme, kam atemberaubend hoch, intonierte fehlerfrei und sang mit einem solchen Ausdruck von Leidenschaft und Lebenslust, dass es sofort elektrisierte und ansteckte. Und wie er sich voller Spaß bewegte und strahlte... es war eine reine Freude, ihm zuzusehen.

Das Publikum quittierte seinen Auftritt mit einem euphorischen, tosenden Applaus. Einige Gäste sprangen sogar auf, pfiffen und tobten.

Als er wieder zum Tisch zurück kam, hörte Ben von allen Seiten:

„Awesome, man!“, „You rock!“ und ähnliche begeisterte Kommentare. Mehrere Hände klopften ihm auf die Schulter.

„That was great, my friend!“, rief Christos ins Mikro. „You should be in a casting show like *Britain's Got Talent!* Thank you very much!“. Dann sagte er den nächsten Auftritt an.

*

Es war keine große Überraschung, dass Max die Publikums-Kür des Siegers für sich entschied. Unter stürmischem Beifall nahm er die Flasche entgegen und wurde gefeiert wie ein Star. Anschließend eröffnete Christos die Tanzfläche. Max versuchte, Ben aufs Parkett zu ziehen, aber der winkte ab und holte sich stattdessen ein Glas Rotwein an der Bar, während Max es auf der Tanzfläche ordentlich krachen ließ.

Wieder zurück am Tisch beobachtete Ben das Treiben. Max war umringt von seinen neuen Fans, und er tanzte ausgelassen, lachte, sang mit, und er war ohne jeden Zweifel der Mittelpunkt. Nicht dass er ein übertrieben guter Tänzer gewesen wäre. Er bewegte sich einfach frei und locker zur Musik, ohne sich einen Kopf zu machen und strahlte dabei eine unbändige Lebensfreude aus.

Nach einer Weile kam er verschwitzt zum Tisch zurück, ließ sich nieder und trank einen großen Schluck Wasser.

„Herrlich!", sagte er und schaute selig zur Tanzfläche, während mehrere Tänzerinnen und Tänzer ihm zulächelten, winkten und zuprosteten.

„Du bist unglaublich!", sagte Ben. „Woher nimmst du all diese Energie?"

„Tja", sagte der, „ich habe so meine Tricks." Dabei schmunzelte er verschmitzt.

„Raus damit! Was ist dein Geheimnis?"

„Ach, das wird eine längere Geschichte. Das erzähle ich dir mal in Ruhe!"

„Unbedingt!", sagte Ben.

„Klar!", lachte Max und fuhr dann fort: „Falls du für morgen keine Pläne hast... ich habe einen Mietwagen genommen und möchte einen Ausflug machen... durch die Berge zur Südseite der Insel. Die soll noch schöner sein als die Nordseite. Dort gibt es eine Bucht mit tollem Strand, der traumhaft schön sein soll! Ich würde mich sehr freuen, wenn du mich begleitest!“

„Hmm...“, machte Ben. Ihm fehlte jeder Antrieb und jede Motivation für so etwas.

„Keine Lust?“

„Ich weiß nicht... Ich würde eigentlich am Liebsten schön in der Sonne liegen und gar nichts tun.“

„Puh, das könnte ich nicht!“, sagte Max. „Immer nur am Pool liegen. Das würde mich ganz kribbelig machen.“

„Tja, ich bin eben anders als du.“

„Wie du willst. Aber ich kann nur sagen: Du verpasst was. Diese Insel ist paradiesisch schön. Das muss man doch auskosten!“

Ben zuckte mit den Schultern.

Max schien einen Moment nachzudenken, begann dann verschmitzt zu schmunzeln und setzte hinzu:

„Außerdem möchte ich dir unterwegs gerne etwas zeigen.“

„Was denn?“

„Ich habe dir ja etwas von dem kleinen Abenteuer erzählt, das meine Frau Anna und ich geplant hatten. Damit hat es etwas zu tun.“

„Erzähl! Was ist es?“

Max schmunzelte noch ein bisschen verschmitzter und sagte:

„Das wirst du wohl nur herausfinden, wenn du mich begleitest.“

„Na toll...!", brummte Ben. Aber schließlich siegte seine Neugier, und er sagte:

„Also gut."

„Schön!", strahlte Max. „Und vergiss nicht, Badesachen mitzunehmen!"

„Ach, baden muss ich auch noch?"

„Ja, Ben. Du bist im Urlaub!"

Ben grinste verlegen.

„Du solltest wirklich öfter lächeln", sagte Max. „Das steht dir gut!"

*

Am nächsten Morgen trafen sich die beiden Männer beim Frühstück und machten sich danach in Max' Mietwagen, einem weißen Golf Cabrio, auf den Weg. Sie fuhren zunächst die Küste entlang Richtung Rethymnon und folgten dann einer Landstraße, die ins Landesinnere führte. Bereits nach wenigen Kilometern veränderte sich die Umgebung erheblich. Sie ließen die dicht besiedelten Gebiete hinter sich und fuhren durchs Gebirge.

Ben war überwältigt. Er war nicht darauf vorbereitet gewesen, wie sehr ihn die Schönheit dieser Landschaft bewegen würde. Max erläuterte ihm die örtlichen Gegebenheiten. Sie fuhren durch die sanften Erhebungen, die dem Idagebirge vorgelagert waren, eine üppige Mittelgebirgslandschaft voller Olivenhaine und Weinstöcke, hier und da vereinzelte kleine Ortschaften, und immer wieder sahen sie im Hintergrund das Massiv des Gebirges näherkommen, das von einem mächtigen schneebedeckten Berg dominiert wurde.

Hinter einer Kurve eröffnete sich plötzlich ein so atemberaubendes Panorama, dass sie beide gleichzeitig „Ooh!" machten. Sie entdeckten einen Parkplatz, der dazu diente, anzuhalten und die Landschaft zu bewundern. Max setzte den Blinker, bog ab und parkte.

Sie stiegen aus und blickten auf einen Bergsee im Tal, umringt von einer einzigartigen Gebirgskulisse. Plötzlich holte Max tief Luft und stieß einen durchdringenden Schrei aus, der etwa klang wie „Jieh-Huuuh!", eine Abwandlung von dem „Yee-Haw!", das man aus Western-Filmen kannte.

Ben zuckte zusammen und fühlte den Impuls, in Deckung zu gehen.

„Jetzt du!", sagte Max.

„Äh... nein danke!"

„Na komm schon, das macht Spaß! Einfach tief Luft holen und dann schön die Sau rauslassen." Darauf machte er es ein zweites Mal vor.

„Ohne mich", gab Ben zurück. „Was soll das überhaupt sein?"

„Das ist ein so genannter Juchzer. Ein Freudenschrei. Wenn du mal im Skiurlaub warst, hast du das bestimmt schon mal gehört. In den Alpen ist das ganz normal, dass man gerne mal seine Freude in die Welt hinaus schreit."

„Stammst du aus den Alpen?"

„Nein“, lachte Max. „Aber ob du es glaubst oder nicht, ich habe mal im Allgäu-Urlaub einen Jodelkurs gemacht.“

„Was?“, lachte Ben. „Wieso das denn? Sorry, aber das klingt schon ein bisschen verrückt...“

„Na, du weißt ja: Ich singe gerne. Und ich wollte immer schon mal Jodeln als Gesangstechnik lernen. Das gibt es ja nicht nur in den Alpen. In der amerikanischen Country- und Pop-Musik ist Jodelgesang auch sehr verbreitet. Das kennst du zum Beispiel von Elvis Presley, Chris Isaak, Sarah McLachlan und so weiter. Das ist dann natürlich nicht das Jodeln, wie du es aus der Alpenregion kennst, sondern eben eine Stimmeffekt, also das bewusste Hin- und Herwechseln zwischen Brust- und Kopfstimme. Und das wollte ich eben lernen.“

„Okay, das klingt jetzt nicht mehr ganz so verrückt.“

„An einem Tag sind wir mit dem Jodel-Lehrer raus gegangen auf eine Alm und haben da Juchzer geübt, weil das zum Jodeln eben auch dazu gehört.“

„Lustig. Das erinnert mich irgendwie an den Sketch mit dem Jodeldiplom von Loriot.“

„Du wirst lachen, aber die Kursteilnehmer haben am Ende tatsächlich alle ein Jodeldiplom bekommen – natürlich scherzhaft.“

Die beiden lachten.

„Das klingt vielleicht ein bisschen bekloppt, aber es hat wirklich Spaß gemacht. Und das ist es ja, worauf es ankommt. Man darf sich eben einfach keinen Kopf machen, was die Leute wohl denken. Und ich sage dir: So ein Freudenschrei tut wahnsinnig gut!"

Noch einmal ließ er sein schallendes „Jieh-Huuuh" ertönen. Er lachte Ben strahlend an, dann blickte er sich um und sagte:

„Hach! Ist das nicht wunderbar hier?"

Schließlich deutete er auf den schneebedeckten Gipfel.

„Dieser Berg da ist der höchste der Insel. Knapp 2.500 Meter. Damit ist er nur unbedeutend niedriger als die Zugspitze. Er trägt den schönen Namen Psiloritis."

„Psiloritis... komischer Name... klingt wie eine Diagnose beim Urologen."

Die beiden mussten lachen, dann fuhr Max fort:

„Das Wort heißt einfach nur: *Hoher Berg*. Aber er ist nicht irgendein Berg. Für die alten Griechen war er einer der heiligsten Orte überhaupt."

„Warum?"

„Der Berg galt als die Kinderstube von Göttervater Zeus. Hier hat er sich als Kind herumgetrieben."

Ben lauschte staunend.

„Und es wundert mich ganz und gar nicht, dass die Griechen auf diese Idee gekommen sind, so schön und erhaben ist diese Landschaft", sagte Max. Er betrachtete den Psiloritis, seufzte, und sagte dann: „Dieser Berg ist es, was ich dir zeigen wollte. Du weißt schon, mein Abenteuer mit meiner Frau."

„Ah!", machte Ben. „Und was genau hattet ihr vor?"

„Wir wollten ihn besteigen."

Ben hielt den Atem an.

„Und das will ich jetzt eben ohne Anna machen."
„Bitte was? Ist das dein Ernst?"
Max nickte bedeutungsvoll.
„Aber warum?!"
„Das ist eine längere Geschichte."
„Erzähl!"
„Also... Anna liebte diesen Berg genauso wie ich. Damals, vor drei Jahren, als wir hier waren, trafen wir ein Paar in unserem Alter. Die erzählten uns, dass sie den Berg gemeinsam bestiegen hätten. Man muss dafür nämlich kein Reinhold Messner sein und braucht dafür auch keine Spezialausrüstung. Man braucht nur vernünftiges Schuhwerk, am besten Wanderstöcke und wetterfeste Kleidung. Es ist mehr eine Bergwanderung als eine Besteigung. Der Ausblick von dort oben muss phantastisch sein! Sofort beschlossen Anna und ich, dass wir das auch machen wollten. Aber wir hatten nicht mehr genug Zeit in diesem Urlaub. Deswegen beschlossen wir, einmal wieder nach Kreta zu kommen und es nachzuholen."
Er hielt inne, seufzte und setzte dann hinzu:
„Aber daraus wurde nichts, weil Anna... gesundheitliche Probleme bekam."
Ben nickte und sah Max an. Er hatte feuchte Augen.
„Wir sprachen immer wieder von Kreta und der Bergwanderung, und Anna sagte oft: Sobald sie wieder gesund wäre, wolle sie das unbedingt machen. Es war ihr größter Wunsch."
Max atmete tief durch. Dann sagte er:

„Aber sie wurde nicht mehr gesund... Kurz vor ihrem Tod sprach sie noch einmal davon, wie gerne sie mit mir dieses Abenteuer erlebt hätte. Sie sagte, ich müsse ihr versprechen, dass ich das ohne sie nachhole. Und dass ich ein Stück von ihr oben auf den Gipfel bringen solle. Sie schnitt sich eine Haarsträhne ab, klebte sie mit Klebeband auf ein Stück Papier und gab sie mir...“

Wieder seufzte er und schloss dann: „Und jetzt bin ich hergekommen, um unseren Traum wahr zu machen und mein Versprechen einzulösen.“

Ben sagte eine Weile lang nichts. Er spürte einen Kloß in seinem Hals. Schließlich stieß er hervor:

„Wow!“

„Na komm“, sagte Max, „wir gehen ein paar Schritte!“

Einen Wanderweg gab es hier nicht. Sie folgten einfach der Straße und wurden nur hin und wieder von Autos passiert. Die Sonne strahlte, und die allgegenwärtigen Zikaden gaben hier ein besonders geräuschvolles Konzert, während am Berghang Ziegen Grasbüschel aus dem steinigen Boden rupften.

Schweigend spazierten sie, bis Max schließlich sagte:

„Weißt du was, Ben?“

„Was?“

„Du bist mir sympathisch. Ich würde mich freuen, wenn du mich bei meiner Bergwanderung begleiten würdest.“

„Was? Ich...?“ Ben blieb stehen und musste seine Gedanken ordnen. Dann sagte er:

„Also, ich fühle mich unheimlich geehrt... ich weiß ja, wie viel dir das bedeutet..."

„Aber?"

„Aber so eine Bergbesteigung ist ja kein Pappenstiel. Und ich bin momentan nicht sehr fit."

„Dann wird es Zeit, dass du etwas daran änderst. Ich sage dir: Das wird ein tolles Abenteuer! Von dort oben hat man einen großartigen Blick auf Kreta und das Mittelmeer. Du schaust hinab auf die Welt wie Zeus höchstpersönlich!"

„Puh...", machte Ben. „Und wann hast du vor das zu machen?"

„Gegen Ende meines Urlaubs. Ich habe vier Wochen gebucht. Es soll so etwas wie der Höhepunkt der Reise werden. Also vielleicht in zwei, drei Wochen. Und? Was meinst du?"

Ben dachte nach. Ihm war es ja schon schwer genug gefallen, sich für den Ausflug heute aufzuraffen. Und nun sollte er einen zweitausendfünfhundert Meter hohen Berg besteigen? Er fühlte sich von dieser Idee erschlagen.

Schließlich sagte er:

„Ich danke dir wirklich sehr für die Einladung, Max. Ich fühle mich geehrt. Aber trotzdem... ich muss passen. Bitte sei mir nicht böse."

„Wie du meinst", sagte Max und fügte mit einem gütigen Lächeln hinzu: „Mein Angebot steht, falls du es dir anders überlegen solltest."

„Danke!", sagte Ben und lächelte zurück.

„Wie schön! Du lächelst wieder!"

„Was hast du bloß immer mit dem Lächeln? Wieso sagst du das so oft?"

„Naja... Ich hatte dich schon am Flughafen Tegel beobachtet, und mir ist aufgefallen, dass du..."

Hier unterbrach er sich zögernd.

„Dass ich was?"

„Dass du sehr ernst ausgesehen hast, beinahe grimmig. Ziemlich seltsam für jemanden, der auf dem Weg in den Urlaub ist. Und dann dachte ich: Den werde ich im Auge behalten. Ich bin gespannt, ob er mal lächelt."

„Hmm...", machte Ben. Er fühlte sich ertappt.

„Gestern war das erste Mal. Hat ganz schön gedauert."

Ben schluckte.

„Aber es war, als würde die Sonne aufgehen. Ich habe fast eine Gänsehaut bekommen. Wie ich schon sagte, du hast ein wirklich sympathisches Lächeln. Du wirktest gleich wie ein ganz anderer Mensch."

Ben spürte wieder einen Kloß im Hals und wusste nicht so recht, was er antworten sollte.

„Habe ich einen wunden Punkt getroffen?"

Ben nickte knapp.

„Das dachte ich mir. Was ist los?"

Keine Antwort.

Max schaute ihm voll Mitgefühl in die Augen und sagte dann:

„Was immer es ist, was dich bedrückt – du kannst jederzeit mit mir darüber reden. Ich bin gerne für dich da."

Er klopfte Ben auf die Schulter, und die beiden setzten ihren Spaziergang fort.

Nach einer Weile sagte Ben:

„Ich bin einfach... irgendwie nicht gut drauf."

Max verlangsamte seine Schritte. Da Ben nicht weitersprach, fragte er:

„Was ist passiert?"

„Nichts Konkretes eigentlich. Ich bin einfach..." Wieder hielt Ben inne, und Max sprach für ihn weiter:

„Depressiv?"

„Ja, irgendwie sowas."

„Wie lange geht das schon so?"

„Keine Ahnung..." Ben überlegte und sagte dann: „Ein paar Jahre vielleicht..."

Max blieb stehen und sah erschrocken aus:

„Ein paar Jahre?!"

„Ja, mal mehr, mal weniger, aber in letzter Zeit wurde es wieder schlimmer."

„Oje... Warst du mal bei einem Psychologen?"

„Nein..."

„Und hast du sonst mal mit jemandem darüber geredet?"

„Nicht wirklich... Ist nicht so mein Ding... über Gefühle reden und so..."

Max sah ihn lange bestürzt an und sagte dann:

„Mein Angebot steht. Wann immer du reden willst, ich bin da!"

Sie standen und schauten eine Weile lang in die Berge, jeder mit seinen eigenen Gedanken beschäftigt. Dann sagte Max:

„Okay, lass uns weiterfahren, der Strand wartet!"

*

Einige Zeit später erreichten sie ihr Ziel, das Küstenörtchen Plakias. Max hatte Recht behalten, diese Gegend war wirklich wunderschön: wesentlich weniger touristisch erschlossen als die Nordküste, die Natur dominierte. Es war ein herrliches Fleckchen Erde.

In einem Strandrestaurant setzten sie sich im Außenbereich an einen der freien Tische, gönnten sich ein Lunch, bestehend aus Tintenfischringen, Salat und Knoblauchbrot, und flanierten danach barfuß über den warmen, aber nicht heißen Sandstrand.

„Woher kannst du eigentlich so gut singen?", fragte Ben. „Hast du das mal irgendwie gelernt, also außer bei dem Jodelkurs?"

„Gelernt? Nein. Ich singe einfach gerne, bei jeder Gelegenheit. Unter der Dusche, im Auto... ich gehe auch manchmal mit Freunden in Karaoke-Bars."

„Ach, deswegen hast du das gestern so souverän hinbekommen. Du hast heimlich geübt!"

Max lachte. „Genau! Singen macht einfach Spaß, und wenn du mich fragst, ist es die beste Psycho-Pille, die es gibt. Wenn ich Stress habe, brauche ich nur ein paar Lieder zu singen, und ich bin tiefenentspannt. Singen macht einfach glücklich! Das ist übrigens nicht nur meine Privatmeinung. Das ist tatsächlich wissenschaftlich erwiesen. Wer regelmäßig singt, wird seltener krank, und es hilft nachweislich bei Depressionen. Besonders, wenn man zusammen mit anderen singt."

Ben dachte darüber nach und sagte dann:

„Ich habe früher auch gesungen. Im Schulchor."

Max schaute ihn aufmerksam an, während Ben fortfuhr:

„Der Chorleiter meinte sogar, ich wäre talentiert. Du hast schon Recht. Wenn ich jetzt so drüber nachdenke, hat mich die Singerei damals tatsächlich glücklich gemacht. Ich habe mich immer sehr auf die Chorproben gefreut und zuhause viel geübt. Eigentlich war das Singen sogar mit das Beste in meiner Schulzeit."

„Wann hast du aufgehört? Und warum?"

„Ich glaube, da war ich 15 oder 16. Tja, keine Ahnung... Hauptsächlich wohl, weil die anderen Jungs sich immer über mich lustig gemacht haben. Tja, und dann habe ich irgendwann aufgehört."

„Das ist wirklich traurig!", sagte Max.

Ben zuckte mit den Schultern.

„Und dann hast du nie wieder gesungen?"

„Nein... höchstens mal ganz leise, unter der Dusche, wie du... aber sonst... eigentlich nicht."

„Es ist nie zu spät, wieder anzufangen!", sagte Max mit Nachdruck.

„Ja, vielleicht..."

„Im Ernst, Ben, du solltest unbedingt wieder anfangen zu singen!"

„Tja... ich werde mal drüber nachdenken."

*

Nachdem sie eine Weile lang weiter durch den Sand gestapft waren, schaute Max sich um, blieb stehen, nahm seinen Rucksack ab und fing an, sein Hemd aufzuknöpfen.

„Was wird das?", fragte Ben.

„Na, rate mal. Wo sind wir hier?"

„Du willst schwimmen?!"

„Richtig!"

Der alte Mann fing an, seine Hose zu öffnen, und Ben ging reflexartig einen Schritt zur Seite. Beruhigt stellte er fest, dass Max seine Badehose bereits anhatte.

„Na komm, du auch!", sagte Max.

„Lass mal. Mach du das mal ruhig ohne mich."

„Warum?"

„Ich weiß nicht. Ich habe irgendwie keine Lust, nass zu werden."

„Ist das dein Ernst?" Max schüttelte den Kopf. „Ja, das kann schon mal vorkommen, dass man beim Baden nass wird!"

Ben verzog das Gesicht.

„Du singst nicht, du tanzt nicht – und jetzt willst du mir sagen, dass du auch nicht schwimmst?"

Ben zuckte mit der Schultern.

„So. Jetzt muss der Opa aber mal streng werden!", sagte Max mit einem geschauspielerten Oberlehrer-Tonfall. „Es ist ja gar kein Wunder, dass du depressiv bist, wenn du dir alles versagst, was Spaß machen könnte!"

„Ja, aber ich bin nicht in der richtigen Stimmung. Um Spaß zu haben, muss man in der richtigen Stimmung sein!"

„Unsinn! Erst muss man etwas tun, das Spaß macht, und dann kommt die gute Laune von selbst."

„Ich weiß nicht..."

„Oh Mann, Ben! Du machst mich wahnsinnig!"

Wieder zuckte Ben nur mit den Schultern.

„Okay, hör zu", sagte Max, der jetzt nur noch seine scheußliche knallrote Badehose mit Palmenmotiven trug, „ich verrate dir jetzt mal einen Trick, den ich vom Dalai Lama gelernt habe."

„Du hast den Dalai Lama getroffen?", fragte Ben verblüfft.

Max verdrehte lachend die Augen. „Nein! Ich habe ein Buch von ihm gelesen."

„Ah."

„In dem Buch geht es darum, wie man Stress reduziert und Glück im Leben findet. Und darin empfiehlt er unter anderem, jeden Tag eine Lächelmeditation zu machen. Man soll sich entspannt hinsetzen und dann lächeln, ganz egal, wie man sich gerade fühlt. Im ersten Moment fühlt es sich komisch an, weil es nicht echt ist. Aber wenn man es nur lang genug macht, stellt sich das dazugehörige Gefühl ganz von selber ein. Man kann das auch bei der Arbeit machen, wenn man Stress hat. Dann schließt man sich in der Toilette ein und lächelt vor sich hin."

„Das klingt total bescheuert."

„Ich weiß. Das dachte ich auch zuerst. Bis ich es ausprobiert habe. Und das machen wir jetzt auch!"

„Oh mein Gott!“, stöhnte Ben. „Das ist völlig bekloppt…!“

„Nun sei mal still und stell dich vor mich. Und jetzt: Lächeln!“

Ben stellte sich kopfschüttelnd vor Max, der nun anfing breit und dämlich zu grinsen.

„Wenn du wüsstest, wie bekloppt du jetzt aussiehst!“, maulte Ben.

„Ich weiß!“, sagte Max und grinste weiter. „Du musst auch lächeln!“

Ben zögerte einen Moment lang, dann fing auch er an, dämlich zu grinsen. Es fühlte sich mehr als befremdlich an.

„Sehr gut!“, sagte Max und grinste noch ein bisschen breiter, was Ben veranlasste, ebenfalls noch eine Schippe draufzulegen. So wurde ein kleiner Wettbewerb daraus, wer blöder grinsen konnte.

Zwei junge Frauen kamen vorbei, sahen zu ihnen herüber und schüttelten verwundert die Köpfe.

„Ich will gar nicht wissen, wie wir jetzt aussehen“, sagte Ben, ohne mit dem Grinsen aufzuhören, „und dann noch du mit deinem Palmenhöschen.“

Max fing an zu prusten, und auch Ben spürte, wie sein Zwerchfell zu zucken begann.

„Wer zuerst den Blickkontakt aufgibt, hat verloren!“, sagte Max und lachte weiter.

„Okay! Du hast keine Chance gegen mich!“

Wie sie da standen und sich gegenseitig anstarrten, schaukelte sich das Lachen immer weiter hoch, bis aus dem ersten Kichern ein immer heftigerer Lachanfall wurde. Keiner wollte das Spiel verlieren. Und so hielten sie sich bald die Seiten, Ben kamen die Tränen.

Die beiden erregten immer mehr Aufmerksamkeit. Bald hatten sie alle Blicke der Urlauber im näheren Umkreis auf sich gezogen, die auf ihren Liegen lagen oder am Strand spazierten. Alle wunderten sich, was da vor sich ging, aber das Lachen steckte an und breitete sich auch auf sie aus, was wiederum Max und Bens Gelächter weiter befeuerte.

„Ich kann nicht mehr!", wieherte Ben schließlich. „Mir tut alles weh!" Daraufhin stolperte er, fiel hin und wälzte sich vor Lachen im Sand, was wiederum Max zu einem noch heftigeren Brüllen veranlasste, bis auch er in die Knie ging und rief: „Ich gebe auf!"

Es dauerte eine ganze Weile, bis sie sich beruhigt hatten. Schließlich saßen sie nebeneinander im Sand, stöhnten und ächzten und wischten sich die Tränen aus den Augen.

„Und jetzt gehen wir baden!", sagte Max.

„Tja, du lässt mir ja anscheinend keine andere Wahl", lachte Ben. Er kramte seine Badesachen aus dem Rucksack und zog sich dann umständlich um, indem er sein Badehandtuch um die Hüfte wickelte und darunter mit seinen Hosen herumnestelte. Max beobachtete ihn amüsiert. Als Ben endlich fertig war, boxte der Alte ihn auf den Oberarm und sagte: „Wer zuerst im Wasser ist, hat gewonnen!", und sprintete los, woraufhin Ben sein Badetuch fallen ließ und hinterher rannte.

Platschend warfen sie sich ins kühle Mittelmeer, und es war einfach nur herrlich. Sie schwammen, planschten und bespritzten sich mit Wasser wie die Kinder und lachten dabei fast unaufhörlich.

„Wie machst du das bloß?“, fragte Ben nach einer Weile.

„Was?“

„Dass du die Menschen so ansteckst mit deiner guten Laune. Woher nimmst du das? Was ist dein Geheimnis?“

„Wie gesagt. Ich habe so meine Tricks. Die Lächelmeditation ist einer davon. Aber ich habe noch mehr.“

„Raus damit!“

„Bei Gelegenheit“, zwinkerte er. Er machte eine Pause und fuhr fort: „Übrigens war das beileibe nicht immer so bei mir. In meinem Leben gab es auch ganz andere Zeiten. Sehr finstere Zeiten.“

Er schwieg bedeutungsvoll und fuhr dann fort: „Aber ich habe irgendwann gelernt, mein Leben zum Guten zu wenden.“

„Das musst du mir mal erzählen – ich meine, wenn dir das nichts ausmacht...“

„Nein. Das würde mir nichts ausmachen. Aber erst mal bist du dran, etwas über dich zu erzählen. Warum du so selten lächelst, warum du so depressiv bist.... Was ist *mit dir* los?“ Dabei schaute er Ben zugleich mitfühlend und herausfordernd an.

Ben schwieg.

„Weißt du was?“, schmunzelte Max schließlich. „Ich schlage dir ein Tauschgeschäft vor: Du erzählst mir deine Geschichte, dann erzähle ich dir meine.“

„Uff“, machte Ben und sagte: „Ich überleg's mir.“

*

In der Nacht lag Ben lange wach. Er hatte mit Max nach dem Abendessen noch einen Drink an der Bar genommen. Statt Karaoke gab es Bingo, und daran hatte Ben kein Interesse gehabt. Zudem fühlte er sich ausgelaugt von dem ereignisreichen Tag mit Max.

Wie gut hatte das getan, so leidenschaftlich zu lachen, zu reden, zu schwimmen und die atemberaubende Natur zu erleben! Er wusste nicht, wann er sich zuletzt so lebendig gefühlt hatte. Auf jeden Fall war es sehr, sehr lange her.

Was für eine unglaubliche Wirkung Max auf ihn hatte! Wie schnell es ihm gelungen war, ihn aus der Reserve zu locken! Aber woran lag das eigentlich? Bei Max hatte er das Gefühl, er konnte einfach sein, wie er war. Und dann war da diese Heiterkeit, diese Unbeschwertheit. Und das alles, obwohl seine geliebte Frau erst vor einem Jahr gestorben war! Wie war das möglich? Wie er einfach sang und tanzte, ohne sich einen Kopf zu machen. Oder wie er in den Bergen stand und Freudenschreie von sich gab, die man kilometerweit hören konnte... wie er lachte und spielte.... Und dann wurde Ben klar, was eigentlich das besondere bei Max war: Er war wie ein Kind! Wie ein großes Kind mit grauen Haaren!

Aber woher kam das? Ben war in zunehmendem Maße neugierig, hinter das Geheimnis des Alten zu kommen. Was für eine Geschichte hatte er zu erzählen? Was für finstere Zeiten hatte er durch-gemacht? Wie hatte er es geschafft, so zu werden, wie er war?

Dummerweise musste Ben dafür seine eigene Geschichte erzählen, und das schmeckte ihm überhaupt nicht. Er hatte seine Vergangenheit aus guten Gründen im Dachboden seiner Seele verstaut und hatte nicht die geringste Lust, den alten Plunder wieder hervorzukramen. Vielleicht konnte er Max ja überreden, ihm sein Geheimnis zu erzählen, ohne dass er sich selbst offenbaren musste.

Er grübelte noch eine ganze Weile lang nach, bis er endlich in einen tiefen Schlaf sank.

*

Völlig gerädert traf er beim Frühstück auf Max, erzählte von seiner unruhigen Nacht und sagte, dass er den heutigen Tag ruhig angehen lassen wollte. Max zeigte Verständnis und lud ihn ein, ihn am darauffolgenden Tag zu einem Ausflug zu begleiten. Er hätte da von einem Kellner einen Geheimtipp bekommen, ein Ziel, das nicht in jedem Reiseführer zu finden sei, das aber versprach, magisch zu sein.

Ben fühlte sich zwar matt und energielos, aber er hatte die Hoffnung, dass er Max bei dieser Gelegenheit zum Erzählen überreden konnte. Außerdem wollte er wissen, was das für ein mysteriöser magischer Ort war. Seine Neugier war größer als seine Antriebslosigkeit.

So verabredeten die Männer sich für den kommenden Morgen und gingen ihrer Wege, was in Bens Fall hieß: Am Pool in der Sonne liegen, lesen und möglichst an nichts denken – was ihm allerdings kaum gelang.

*

„Jetzt musst du mir aber wirklich verraten", sagte Ben, als er am folgenden Morgen nach dem Frühstück mit Max das weiße Cabrio bestieg, „was ist das für ein geheimnisvoller Ort, zu dem du mich bringen willst?"

„Eine Schlucht."

„Eine Schlucht? Hmm... okay..."

„Lass dich überraschen!"

Der Weg führte wieder über Rethymnon in die Berge. Schließlich hatten sie das Ziel erreicht, stellten den Wagen ab und begannen ihre Wanderung. Ein Pfad führte zunächst vorbei an einer Ausflugstaverne, dann ging es ziemlich steil abwärts, und der Pfad mündete in die Schlucht. Es war ein Canyon mit imposanten Felswänden, die fast senkrecht in die Höhe ragten, bewachsen von Urwald, dem allgegenwärtigen Oleander und anderen teils exotischen Blüten, die Ben nicht kannte. Hier unten, am Fuße des Canyon, plätscherte ein Bach, über den sich in einiger Entfernung eine pittoreske Holzbrücke spann. Überall gab es einigermaßen gut ausgebaute Wanderwege.

„Willkommen in der Patsos-Schlucht!", sagte Max.

„Okay, sehr hübsch!", sagte Ben, „Aber... was genau ist jetzt der magische Teil?"

„Das werden wir gleich sehen!"

Sie folgten weiter dem Weg, der sich durch Felsen und Rankwerk schlängelte, bis sie hinter einer Biegung eine ungewöhnliche Felsformation ausmachten, um die sich eine kleine Anzahl Menschen gruppierte. Seltsam verlangsamt und andächtig wirkten diese Leute, und es schienen mehr Einheimische als Touristen zu sein.

„Das ist es anscheinend!", sagte Max.

„Was ist das? Sag schon!"

„Ein Ort, wo die Menschen den Göttern begegnen...", sagte Max geheimnisvoll.

Sie näherten sich dem seltsamen Felsungetüm. Das Ganze sah aus wie ein von Gestein überdachter Höhleneingang mit einem Felsaufgang und wirkte, als hätte die Natur hier tatsächlich so etwas wie eine Kultstätte für die Götter aus dem Fels wachsen lassen.

Ben sah, wie eine ältere Frau ein Heiligenbild küsste, das am Zugang zur Höhle in den Fels genagelt war.

„Die Höhle ist eine Pilgerstätte: Die Gläubigen verehren hier den heiligen Antonios, und zwar schon seit der Frühzeit des Christentums. Es ist eine Höhlenkirche. Aber... was ich persönlich noch viel interessanter finde: Schon lange davor war das eine Kultstätte: Die Minoer betrachteten diesen Ort als heilig und nutzten ihn schon vor vier Jahrtausenden als Tempel für Hermes, den Schutzgott der Reisenden – und der Diebe. Und ich für meinen Teil finde ja die Götterwelt der alten Griechen wesentlich sympathischer als das Christentum", sagte er. „Aber natürlich darf das jeder halten, wie er lustig ist."

„Ich sehe schon, du hast dich gut informiert!", sagte Ben.

„Ich habe es gegoogelt, nachdem der Kellner mir davon erzählt hat. Wie gesagt, in meinem Reiseführer stand nichts davon. Hier kommen Menschen her, um für Kranke Heilung zu erbitten, um für Hilfe in schwierigen Lebenssituationen zu beten oder zu danken für Dinge, die gut gelaufen sind. Und es ist eine lange Tradition, dass die Menschen hier ihre Wünsche auf Zettel schreiben und diese dann irgendwo in den Fels stecken, in ein Loch oder einen Zwischenraum. Also, wenn du eine Bestellung an das Universum abgeben möchtest – hier wird sie entgegen genommen!"

Die beiden betraten den Höhlentempel und schauten sich um. Den Mittelpunkt bildete ein schlichter Altar aus Holz, auf dem zahllose Kerzen brannten und auf dem man gegen eine Spende in eine Münzenbox Kerzen, Infobroschüren und die besagten Zettel erwerben konnte. Außerdem lag hier eine ganze Anzahl von Kugelschreibern herum.

Ben sah sich um: Das Innere der Höhle war übersät mit Tausenden von zusammengerollten Papieren, die in Ritzen und Löcher gesteckt worden waren, und auch der Boden war voll von heruntergefallenen Wünschen. Außerdem waren Altar und Wände dekoriert mit allerlei eingerahmten Papieren, die die Pilger hier hinterlassen hatten: Fotos, vermutlich von kranken Verwandten, Diplome und Zeugnisse, für die anscheinend gedankt wurde, Heiligenbilder, Figürchen und ähnlichem Religionsklimbim.

Seitlich des Altars gab es einen Zugang zu einer weiteren Höhle, der aus einer von Menschenhand gemauerten Tür bestand. Der Raum – oder besser: die Höhlung – war kaum größer als eine Besenkammer und diente wohl als eine Art Andachtsräumchen mit weiteren Altaren, einem Meer aus brennenden Kerzen und noch zahlreicheren Wunschzettelchen.

„Da würde sogar der Weihnachtsmann vor Neid erblassen", scherzte Max, Ben musste lachen. Da die beiden jedoch sofort mit finsteren Pilgerblicken gestraft wurden, verlegten sie sich wieder auf ernstes Schweigen.

Ben fühlte sich ein bisschen erinnert an Voodoo-Kultstätten in Gruselfilmen. Dieser Tempel hatte beinahe etwas Unheimliches, zumindest aber unbestreitbar Faszinierendes. Und obwohl er alles andere war als religiös oder spirituell, so spürte er doch eine besondere Energie, die von diesem Ort ausging. Vielleicht war es nur der Gedanke, dass seit viertausend Jahren Menschen hierher kamen, um ihrer Gottheit zu huldigen. Vielleicht war es auch die ernste Andacht, mit der die Pilger hier ihre Kerzen aufstellten und ihre Gebete flüsterten. Was immer es war: Ben kam es so vor, als spürte er hier die Anwesenheit von etwas Größerem, als sei dieser Ort tatsächlich auf irgendeine mysteriöse Art magisch oder irgendwie heilig. Er bekam eine Gänsehaut.

Er hätte nicht sagen können, wie lange sie damit verbracht hatten, sich umzusehen und die seltsame Aura dieses Höhlentempels in sich aufzusaugen.

Mit einem Lächeln beobachtete Max einen vielleicht zehnjährigen Kaugummi kauenden Jungen dabei, wie er ein Zettelchen beschrieb. Was mochte er wohl von der Gottheit erbitten? Eine Playstation? Ein iPhone? Nachdem der Junge seinen Wunsch zusammengerollt hatte, suchte er mit einiger Verzweiflung nach einer freien Stelle an der Felswand, und nachdem er sich eine Weile erfolglos umgesehen hatte, nahm er kurzerhand sein Kaugummi aus dem Mund und klebte damit seinen Zettel an die Höhlenwand.

Von dem Jungen inspiriert nahm sich nun auch Max einen Zettel, warf brav einen Euro in die Spendenbox, schrieb und steckte sein Röllchen dann in einen kleinen Ritz in der Höhlendecke, an die der Junge nicht herangekommen war. Daraufhin nickte er Ben aufmunternd zu. Ben zuckte mit den Schultern. Ihm kam das Ganze reichlich albern vor. Aber als Max ihm noch nachdrücklicher zunickte, gab Ben schließlich nach, zahlte den Obolus, nahm sich Zettel und Kugelschreiber... – und dann fiel ihm ums Verrecken nichts ein, was er sich wünschen sollte. Er grübelte und grübelte.

Mit einem Mal geschah etwas Unerwartetes: Vor seinem geistigen Auge erschien ein bekanntes Gesicht. Es war Dennis, ein alter Freund, den er schon seit ein paar Jahren nicht gesehen hatte und mit dem ihn eine ungute Vergangenheit verband. Ben spürte ein beklemmendes Gefühl in sich aufsteigen. Er schüttelte sich kurz und konzentrierte sich dann wieder auf seine Aufgabe: Einen Wunsch zu finden, den er auf den Zettel schreiben konnte.

Er merkte, dass Max ihn beobachtete, drehte sich kurz nach ihm um und sah, dass der ihn mit einem Gesichtsausdruck musterte, der ungefähr besagte: *Sieh mal an, das ist ja aufschlussreich*. Ben gab ihn mit einer Kopfbewegung ein Zeichen, er solle sich zum Teufel scheren und wandte sich dann wieder dem kleinen weißen Blatt zu. Er überlegte und überlegte, bis er schließlich schrieb:

„Leben“

Dann steckte er sein Papierröllchen in eine Ritze in der Nähe von Max' Zettelchen.

*

Vom Höhlentempel aus verliefen mehrere Wege durch die Schlucht. Einer führte über eine Felskante des Steilhangs entlang, sodass man auf halber Höhe an der Steinwand entlang gehen konnte und teilweise klettern musste. Es war ein ziemlich abenteuerlicher Wanderpfad und bot teils atemberaubende Blicke in den Canyon. Dies hier war ein außergewöhnliches Stück Natur und hätte ohne Weiteres Kulisse sein können für ein Film-Epos wie „Der Herr der Ringe“.

So wanderten und kletterten sie eine ganze Weile, bis sie keuchten und schwitzten, und Ben schlug vor, dass sie sich auf einem Felsvorsprung niederlassen könnten, der vor ihnen auftauchte, um Rast zu machen.

Sie setzten sich, nahmen Wasserflaschen aus ihren Rucksäcken und gönnten sich eine Erfrischung. Dann verweilten sie schweigend. Beeindruckend und zugleich beengend umgab dieser Canyon mit seiner urwüchsigen Fauna und den schroffen Felsmassiven die beiden Wanderer. Nachdem sie eine Weile gesessen hatten, sagte Ben:

„Ich muss mich bei dir bedanken. Ohne dich wäre ich nie darauf gekommen, einen Ausflug zu machen. Vermutlich hätte ich kaum das Hotel verlassen."

„Du brauchst mir nicht zu danken. Ich danke *dir*!"

„Und ich möchte dir auch für vorgestern danken. Ich habe mich lange nicht so lebendig gefühlt."

„Ich freu mich für dich", sagte Max mit einem Lächeln und legte seine Hand auf Bens Schulter.

Der schwieg einen Moment lang, dann sagte er:

„Ich habe nachgedacht über dein Tauschangebot – deine Geschichte gegen meine. Es gibt da einige Dinge in meinem Leben, die in der Versenkung verschwunden sind und da auch bleiben sollten. Ich meine, ich finde es besser, die Dinge einfach dort zu lassen, wo sie sind."

„Verstehe ich gut. Ich will dich zu nichts nötigen. Du entscheidest selbst."

„Okay. Ich meine nur... Ich bin wirklich heiß darauf, zu erfahren, wo du all diese Energie und Lebensfreude her nimmst... Ich frage mich halt: Ist es wirklich nötig, dass ich meinen ganzen Krempel auspacke, um dein Geheimnis zu erfahren?"

„Ja!", sagte Max mit Nachdruck. „Das ist es in der Tat!"

„Wieso? Du kannst es mir doch erzählen, ohne auf meine Geschichte zu bestehen!"

„Das stimmt. Aber darum geht es gar nicht."

„Worum geht es dann?"

„Es geht darum: Wenn du innerlich frei werden willst – so wie ich – dann musst du dich deinen Dämonen stellen. Du musst deinen Frieden machen mit ihnen. Du sagst, deine Dämonen sind in der Versenkung... aber das sind sie nicht. In Wahrheit sind sie ganz präsent, tief in dir drin, und sie nagen an dir, rauben deine Energie und deinen Lebensmut. Sie kontrollieren dich, und du verbrauchst deine ganze Kraft, um gegen sie anzukämpfen."

Max hielt inne, anscheinend um Ben Zeit zu geben, darüber nachzudenken.

Dann fuhr er fort:

„Warum hast du eigentlich so lange gebraucht, um einen Wunsch aufzuschreiben?"

„Keine Ahnung... ich schätze, ich habe keine Wünsche... jedenfalls keine konkreten. Ich will einfach wieder... normal sein. Wieder... leben."

Max nickte und sah ihn aufmerksam an.

„Ich meine... für mich fühlt es sich so an, als ob ich mein Leben gar nicht richtig lebe, sondern dass ich... wie soll ich sagen... dass ich gelebt *werde*. Ich werde so an den Ohren durch meine Tage geschleift – von den Verpflichtungen, von der Arbeit, von den Rechnungen, die gezahlt werden müssen, von allem Möglichen. Und ich ziehe nur noch durch. Versuche, es irgendwie auszuhalten. Und wenn ich die Tage hinter mich gebracht habe, verbringe ich das bisschen freie

Zeit, das ich abends habe, damit, irgendwie halbwegs runter zu kommen, trinke Wein, schlafe schlecht und wache am nächsten Morgen unausgeruht und gerädert auf, nur um danach wieder von vorne anzufangen. Und so geht das tagein, tagaus."

Ben hielt inne, und ihm fiel auf, mit was für einer außergewöhnlichen Anteilnahme Max zuhörte. Sein Blick war voller Aufmerksamkeit und Mitgefühl. Sein ganzer Körper war ihm ganz zugewandt, und Ben hatte das Gefühl, dass noch nie jemand ihm mit derart lebhaftem, tiefgreifendem Interesse zugehört hätte. Es war ein gutes Gefühl, so voll und ganz wahrgenommen zu werden.

Und erst jetzt wurde Ben bewusst, dass Max mit seinem bemerkenswerten Talent zum Zuhören weit mehr aus ihm herausgelockt hatte, als er jemals zu erzählen bereit gewesen wäre.

„Seit wann geht das so?", wollte Max wissen.

„Keine Ahnung... seit einigen Jahren..."

„Hast du Freunde?"

Ben zuckte mit den Achseln. „Ich habe Arbeitskollegen, mit denen ich mal einen Wein trinke."

„Okay, aber ich meine *richtige* Freunde? Mit denen du über deine persönlichen Sachen reden kannst?"

Ben schüttelte den Kopf, und wieder entstand eine kleine Pause.

„Es ist seltsam...", murmelte Ben schließlich.

„Was ist seltsam?"

Ben überlegte kurz und winkte dann ab: „Ach... nichts..."

Wieder schaute Max ihn mit so eindringlichem Interesse an, dass Ben gar nicht anders konnte, als weiter zu sprechen: „Naja, als ich vorhin in der Höhle über meinen Wunsch nachgedacht habe, da musste ich plötzlich an einen alten Freund von mir denken, den ich lange nicht gesehen habe..."

„Und du wünschst dir, ihn wiederzusehen?"

„Nein! Um Gottes willen! Auf gar keinen Fall will ich ihn wiedersehen!"

„Ah...", sagte Max. „Ich dachte nur... er ist dir eingefallen, als du über einen Wunsch nachgedacht hast."

„Ja, aber das war eindeutig Zufall. Kein Mensch hat mir je so wehgetan wie dieser..." Ben spürte, wie er in Rage geriet.

„Was hat er getan?"

Ben stöhnte. „Muss ich das erzählen?"

„Nein", sagte Max und schaute ihn mit diesem gewissen Blick an.

„Also gut", sagte Ben. „Ich habe ihn erwischt, wie er meine Verlobte gevö... na, du weißt schon."

„Autsch!", sagte Max. „Das tut weh."

„Jep."

Sie schwiegen.

„War er ein guter Freund?", wollte Max schließlich wissen. „Vorher, meine ich natürlich."

„Vorher... ja – dachte ich zumindest. Ich konnte mit ihm über alles reden. Ich meine, wirklich über alles."

„Also ein echter Freund."

„Absolut! Ich habe weder davor noch danach jemanden kennen gelernt, mit dem ich mich so gut und intensiv austauschen konnte. Fast zehn Jahre lang waren wir wie Brüder gewesen. Und dann das!“

„Ich kann mir gut vorstellen, wie du dich gefühlt haben musst.“

Ben nickte.

„Und mit der Verlobten war danach Schluss?“

„Ja, klar.“

„Gab es danach eine neue Liebe?“

„Nein“, sagte Ben. „Nur hier und da eine unbedeutende Affäre.“

„Und einen Freund gab es auch nicht mehr?“

Ben schüttelte den Kopf.

„Warum nicht?“

„Ich weiß nicht... diese Sache hat mir wahnsinnig weh getan... und... ich wollte nicht, dass mir so etwas wieder passiert.“

„Und dann fing das an mit dem Hamsterrad?“

Ben blickte zu Max auf und überlegte kurz. „Ja... tatsächlich... damit fing es wohl an.“ Nach einem weiteren Schweigen fuhr er fort: „Merkwürdig... der Zusammenhang ist eigentlich total offensichtlich. Und trotzdem ist es mir bis heute nicht klar gewesen. Oder ich habe es irgendwie... vergessen... verdrängt.“

„Es ist in der Versenkung verschwunden.“

„Genau.“

„Wie lang ist das her mit diesem... Vorfall?“

Ben musste überlegen.

„Ziemlich genau fünf Jahre“, sagte er schließlich.

„Eine lange Zeit!“, sagte Max.

Ben nickte.

Nach einer Weile fragte Max:

„Hast du ihm verziehen?“

„Nein. Wie könnte man so etwas verzeihen?“ Ben spürte, wie er innerlich bebte.

„Und hast du überhaupt jemals mit ihm darüber geredet?“

Ben schüttelte den Kopf und verschränkte schweigend die Arme.

Max nickte. Dann schien er über etwas nachzudenken und sagte schließlich:

„Ich frage mich...“

„Was?“

„Also, diese ganze Sache ist jetzt schon so lange her. Und noch immer hast du so viel Groll in dir. Versteh mich nicht falsch. Ich kann vollkommen nachvollziehen, dass du verletzt bist. Mir würde es nicht anders gehen. Aber... diese Geschichte hat dich doch ganz schön aus der Bahn geworfen. Bis heute wirkt sie so heftig nach, dass du dein Leben nicht richtig leben kannst. Manch einer, der so etwas erlebt, würde vielleicht ein oder zwei Jahre daran zu knabbern haben, aber irgendwann würde er wieder ins Leben zurück finden. In deinem Fall dauert es ganz schön lange.“

„Worauf willst du hinaus?“

„Ich weiß nicht genau... Ich bin ja kein Psychologe. Es ist nur so eine Intuition. Ich habe das Gefühl, dass da noch mehr dahinter steckt.“

„Wie meinst du das? Was soll dahinter stecken?“

„Ich habe keine Ahnung. Aber ich glaube, es wäre gut, wenn du das herausfinden würdest.“

*

Nach einer Weile sagte Max: „Erlaubst du mir noch eine weitere Frage?“

„Oh Gott, ich habe Angst!“, scherzte Ben. „Also was?“

„Was hattest du für eine Kindheit?“

„Auch das noch!“, stöhnte Ben und verdrehte die Augen.

„Schwieriges Thema?“

Ben nickte.

„Na... da haben wir wieder etwas gemeinsam.... Und ist das auch etwas, das in der Versenkung verschwunden ist? Ich meine... hast du jemals mit jemandem *darüber* gesprochen?“

Ben schüttelte den Kopf.

Max schaute ihm lange nachdenklich in die Augen und sagte schließlich:

„Du hast heute ganz schön viel von dir erzählt!“

„Mehr als ich vorhatte...“

„Ich hoffe, das Ganze hat dich nicht allzu sehr aufgewühlt!“

„Hat es. Aber irgendwie auf eine gute Art. Es war... befreiend, mal so offen zu reden. Ich hatte das schon sehr lange nicht mehr!“

„Das hört sich gut an. Also, falls in den nächsten Tagen irgendwelche unguten Gefühle bei dir hochkochen sollten oder du dich sonst irgendwie merkwürdig fühlst, dann komm zu mir! Mach das bitte nicht wieder mit dir allein aus! Versprochen?“

„Versprochen!“, sagte Ben und fügte hinzu: „Meine Güte, du redest ja wie ein Therapeut... hast du sowas schon mal beruflich gemacht?“

„Nein, beruflich nicht. Aber privat habe ich im Laufe meines Lebens viel mit therapeutischem Kram zu tun gehabt. Sehr viel! Und das erzähle ich dir in den nächsten Tagen mal. Das war schließlich unsere Abmachung.“

„Ja, allerdings!“, sagte Ben.

*

Den nächsten Tag verbrachte Ben wieder zurückgezogen am Pool. Das Gespräch hatte ihn aufgewühlt. So gut es getan hatte, mit Max über diese Dinge zu reden, so sehr fühlte er sich emotional verkatert und so sehr brauchte er Zeit, das alles sacken zu lassen.

Als sie sich am darauf folgenden Tag beim Frühstück wieder begegneten, fühlte Ben sich schon etwas besser. Gerade war er mit Croissants, Donuts und Kaffee beschäftigt, als Max zu seinem Tisch kam und ihn begrüßte. Ben freute sich, ihn zu sehen und grüßte zurück. Nach einer kurzen Plauderei sagte Max:

„Ich habe Pläne für heute, und vielleicht hast du ja Lust, mich wieder zu begleiten. Aber erst mal hole ich mir auch was. Ich habe einen Mordshunger!“

Mit einem Teller voll Tomaten, Gurken, gebratenem Gemüse, etwas Käse und einer kleinen Scheibe Vollkornbrot kehrte er kurz darauf zurück und setzte sich Ben gegenüber.

„Meine Güte, dass du schon zum Frühstück so gesundes Zeug essen kannst!“, sagte Ben. „Ich dachte, du hättest einen Mordshunger!“

„Habe ich auch!“, erwiderte Max und begann mit sichtlichem Appetit zu essen.

Dann sagte er:

„Also, zu meinen Ausflugsplänen: Ich möchte heute zur Höhle von Psychro fahren. Und die ist nicht irgendeine Höhle: Sie gilt als der Geburtsort von Zeus. Nach allem, was man so liest, muss diese Grotte mit ihren Tropfsteinen wirklich sehenswert sein, auch ohne die mythologische Verbindung. Sie liegt knapp 50 Kilometer südöstlich von Heráklion. Das dürfte gute zwei, drei Stunden Fahrt bedeuten – aber eine Fahrt durch großartige Landschaften.“

„Puh“, sagte Ben. „Ich weiß nicht.“

„Wieso? Was ist los?“

„Na, wir haben doch vorgestern erst einen Ausflug gemacht.“

„Und?“

„Das artet ja in Stress aus.“

„Lass mich raten: Dir fehlt wieder die Energie und die Motivation.“

„Ja, schon. Ich meine, wir sind hier im Urlaub.“

„Ich sag dir was, Ben. Ich glaube, dass es an deiner depressiven Verstimmung liegt. Deswegen fehlt dir die Energie. Und dagegen gibt es nur ein Mittel.“

„Und das wäre?“

„Naja, weißt du, ich hatte früher auch mit depressiven Verstimmungen zu kämpfen.“

„Du?!“

„Ja, ob du es glaubst oder nicht. Mein Therapeut sagte mir damals, dass man sich als Depressiver um jeden Preis aufraffen sollte, selbst wenn es dreißigmal soviel Willenskraft kostet wie für einen normalen Menschen. Denn wer der Antriebslosigkeit nachgibt und liegen bleibt oder nur rumhängt, der verliert noch mehr Energie, wird noch depressiver und so weiter – ein Teufelskreis. Erinnerst du dich an die Sümpfe der Traurigkeit in dem Jugendbuch 'Die unendliche Geschichte'?"

„Dunkel..."

„Je tiefer man dort einsinkt, desto trauriger wird man und desto weniger Kraft hat man, sich aus dem Sumpf wieder heraus zu kämpfen. Ein geniales Bild für eine Depression hat Michael Ende da geschaffen. Genau so ist es. Und deswegen ist es wichtig, dass du dich aufraffst und gegen die Antriebslosigkeit ankämpfst. Etwas erlebst. So als ob du *wirklich* Lust darauf hättest. Denn sobald du etwas unternimmst, kehren auch die Lebensgeister wieder zurück, zumindest ein bisschen. So war es schließlich auch bei unseren anderen beiden Ausflügen. Oder nicht?"

„Tja,das stimmt schon. Trotzdem..."

„Weißt du was?", sagte Max dann und setzte ein schelmisches Grinsen auf. „Du wolltest doch meine Geschichte hören. Also, ich fürchte, dass ich nur heute dazu aufgelegt bin. Und das auch nur draußen bei einem Ausflug."

„Was?!", rief Ben. „Das ist hochgradig unfair! Du bist mir deine Geschichte so oder so schuldig. Wir hatten einen Deal!"

„Das ist schon richtig", sagte Max und nahm einen geschauspielerten divenhaften Ton an. „Aber ich kann nichts für meine Launen. Für meine Geschichte muss ich in der richtigen Stimmung sein."

„Alter Mistkerl!", brummte Ben. „Okay, du hast mich überredet!"

*

Kurz darauf bestiegen sie das Cabrio und fuhren zunächst Richtung Inselhauptstadt. Sie nahmen die Küstenstraße, auf der sie am Anreisetag zum Hotel gefahren waren, nur in der Gegenrichtung. Unterwegs plauderten sie über dies und das und genossen schweigend den Anblick der vorüberziehenden Landschaften. Von Heráklion aus ging es ins Landesinnere. Nachdem sie eine Weile lang schweigend gefahren waren, sagte Max:

„Ich bin wirklich gespannt, den Geburtsort von Göttervater Zeus zu sehen. Weißt du übrigens, was interessant ist?"

„Was?"

„Wir beide, du und ich, haben etwas mit Zeus gemeinsam."

„Nämlich?"

„Auch er hatte eine verkorkste Kindheit!"

„Wie schön! Dann können wir ja zusammen eine Selbsthilfegruppe gründen, unser alter Buddy Zeus und wir!"

Sie lachten, dann fragte Ben:
„Was hat er denn Schlimmes erlebt?“
„Seine Eltern waren die Titanen Kronos und Rhea. Und Kronos war nicht unbedingt die Sorte Vater, die man sich wünschen würde.“
„Warum?“
„Weil er seine Kinder alle direkt nach der Geburt gefressen hat.“
„Oh... Wie charmant! Was war denn los mit dem?“
„Er war anscheinend ein bisschen paranoid. Denn er war besessen von der Furcht, dass seine Kinder ihn eines Tages vom Thron stoßen könnten. Das allerdings auch nicht ganz ohne Grund. Denn genau so hat er selbst es mit seinem eigenen Vater Uranos gemacht.“
„Und wie hat Zeus es geschafft zu überleben?“
„Uranos und seine Frau Gaia rieten Rhea, sich aus dem Staub zu machen und ihren Sohn heimlich zur Welt zu bringen. Nämlich in der Höhle, die wir gleich besichtigen. Kaum war er auf der Welt, hat sie ihn versteckt. Und dann nahm sie einen Stein, wickelte ihn in eine Windel und in Tücher und gab ihn Kronos: 'Hier, bitteschön, das ist dein Sohn'. Kronos nahm und verschlang ihn.“
„Ups. Also, dafür dass er ein Titan war und einer der Urväter der Götter, war er anscheinend nicht gerade die allerhellste Kerze auf der Torte.“
„Nein!“, lachte Max. „Und seine Verdauung hat offenbar auch nicht ganz optimal funktioniert. Denn als Zeus größer war, verabreichte er seinem Vater eine Droge, woraufhin der alle seine früher verschluckten

Kinder wieder ausspie. Unverdaut. Und natürlich den Stein."

Ben musste lachen. „Daher kommt dann wohl der Ausdruck 'Ich fühle mich heute wie ausgekotzt'."

Max lachte mit und fuhr fort:

„Später dann kämpfte Zeus zusammen mit seinen Geschwistern gegen Kronos und die Titanen und machte sich schließlich zum Herrscher des Olymp."

„Meine Güte!", lachte Ben. „Was für eine kranke Sippschaft!"

„Das ist noch gar nichts. Warte, bis ich dir die Geschichte von Gaia und Uranos erzähle."

„Jetzt bin ich gespannt!"

„Also, die beiden waren ja wie gesagt verheiratet. Sie bekamen eine ganze Reihe Kinder, und die waren teilweise... nun, ich will jetzt nicht gerade sagen: behindert – aber sie waren... ein bisschen anders."

Ben lachte: „Inwiefern anders?"

„Einige von ihnen hatten nur ein Auge – die Zyklopen. Und andere hatten hundert Arme. Die Hekatoncheiren. Uranos war offenbar nicht gerade politisch korrekt und hasste seine missgestalteten Kinder abgrundtief. Deswegen sperrte er sie allesamt in einer Höhle ein."

„Was sind denn das alles für miese Väter, diese Gottheiten?! Denen sollte man mal das Jugendamt vorbeischicken!"

Sie lachten. Dann fügte Max hinzu:

„Aber Gaia ließ das nicht auf sich sitzen. Sie ermutigte ihre Kinder, sich gegen ihren Vater aufzulehnen. Kronos war der einzige, der den Mut hatte, ihr zu folgen. Und als Uranos gerade versuchte, sich mit unanständigen Absichten an Gaia heranzumachen, schnitt er seinem Vater mit einer Sichel das Geschlechtsteil ab."

„Autsch!"

„Und mit dem fließenden Blut befruchtete Uranos versehentlich seine Frau, und daraus entstanden die Giganten, die Erinnyen und die melischen Nymphen."

„Das ist echt abstoßend! Die sind ja alle vollkommen gestört, diese Götter!"

„Allerdings!"

„Kurz gesagt: Der Olymp ist das Zuhause einer großen dysfunktionalen Inzest-Familie!"

Die zwei mussten lachen. Schließlich sagte Max:

„Ich freue mich wirklich, dass du dich aufgerafft hast und mitgekommen bist."

„Ich mich auch!"

„Übrigens hast du dir jetzt auch meinen Teil von unserem Tauschgeschäft verdient. Ich schulde dir meine Geschichte."

„Allerdings!", sagte Ben.

Max lächelte und schwieg.

Ben wartete eine Weile, aber Max blieb still. Schließlich sagte Ben:

„Ich dachte, du fängst jetzt an zu erzählen."

„Das werde ich auch. Aber nicht jetzt. Rund um die Höhle soll es einige schöne Wanderwege geben. Ich schlage vor, wir gehen dort ein paar Schritte, und dann erzähle ich dir alles."

„Au Mann. Du machst es aber auch wirklich spannend!"

*

Nach einer Weile erreichten sie den Ort Psychro, eine wenig ansehnliche kleine Siedlung mit teils heruntergekommenen halbwegs modernen Wohnhäusern und einer ganzen Anzahl von Tavernen und Touristen-Shops, von denen einige die Bezeichnung „Zeus“ im Namen trugen.

Sie folgten den Schildern Richtung „Diktaio Andro“ - so der Name der Höhle – fanden schließlich den zugehörigen Parkplatz und stellten den Wagen ab. Dann suchten sie den Fußweg zur Höhle. Zunächst gab es hier eine Taverne – eine Touristenfalle mit gesalzenen Preisen. Außerdem priesen hier ältere Männer Esel an, auf denen man zur Höhle reiten konnte. Ben und Max entschieden sich nach kurzer Beratung für den Marsch zu Fuß.

100 Meter Höhenunterschied mussten hinauf zur Höhle überwunden werden, und der Weg erwies sich als eine kleine Herausforderung. Zwar befestigt und teils mit Stufen versehen war er dennoch unerwartet steil und steinig. Doch man wurde dafür entschädigt mit einem beeindruckenden Blick auf die Lassithi-Hochebene. Umrahmt von stolzen Bergen lag vor ihnen eine Szenerie aus üppigen grünen Feldern, Olivenbäumen und einigen Windmühlen.

Ein ums andere Mal hielten sie an, nicht nur um zu Atem zu kommen, sondern auch um den Blick zu genießen.

„Phantastisch!“, sagte Max. „Allein dafür hat sich die Fahrt hierher gelohnt.“

Ben nickte.

„Deine Begeisterung hält sich anscheinend in Grenzen", bemerkte Max lächelnd.

„Doch, doch, das ist toll! Aber ich bin mit den Gedanken nicht ganz hier. Ich meine, ich bin so gespannt auf deine Geschichte."

Max grinste und schien Bens Neugier so richtig auszukosten. Er fügte hinzu:

„Ich kann dir ja schon mal einen kleinen Vorgeschmack geben, sozusagen einen Appetithappen." Er grinste noch ein bisschen breiter.

„Schieß los!"

„Okay. Ob du es glaubst oder nicht: Ich war mal ein Penner."

Ben blieb abrupt stehen.

„Bitte was?", fragte er.

Max schwieg schmunzelnd, offensichtlich um Ben Gelegenheit zu geben, diesen Satz zu verarbeiten. Dann sagte er:

„Ich war mal ein Obdachloser. Ich habe sieben Jahre lang als schwerer Alkoholiker auf der Straße gelebt und war gegen Ende kurz davor zu krepieren."

„Sehr witzig!", sagte Ben verunsichert.

„Kein Witz. Es ist die volle Wahrheit!"

„Äh... Moment. Ich muss mal eben meine Kinnlade vom Boden aufsammeln."

Ben wusste nicht, was er sonst noch dazu sagen sollte. Es hatte ihm buchstäblich die Sprache verschlagen. Schweigend sahen sie sich einen kurzen Moment lang in die Augen. Dann sagte Max mit gemachter Harmlosigkeit:

„So, weiter geht's. Die Höhle wartet!"

„Was?! Ist das dein Ernst? Du schmeißt mir hier sowas vor die Füße, und dann soll ich mit dir eine Höhle besichtigen, als ob nichts wäre?!"

„Ja!", sagte Max, zuckte mit den Schultern und tat so, als wüsste er gar nicht, was Bens Problem war. „Auf geht's!", fügte er hinzu, klopfte Ben antreibend auf den Rücken und schritt weiter aufwärts.

Kopfschüttelnd folgte Ben ihm. Endlich erreichten sie die Höhle. An einem überdachten Kassenhäuschen entrichteten sie den Eintrittspreis und folgten dann dem Weg zum Höhleneingang.

Über eine Treppe ging es abwärts in den Schlund der Grotte. Je tiefer sie eindrangen, desto finsterer wurde es. Die Augen, noch an das grelle Tageslicht gewöhnt, brauchten eine Weile, bis sie sich an das düstere Dämmerlicht hier unten angepasst hatten.

Die Höhle war in einem grünlichen Ton dezent beleuchtet und wirkte mit ihren zahlreichen bizarren Stalaktiten und Stalagmiten wie ein gänzlich unirdischer Ort. Unten glänzte spiegelnd ein Höhlensee, auf dessen Grund zahllose Münzen lagen.

Zeus' Geburtsstätte erwies sich als nicht ganz so spektakulär, wie Ben erwartet hatte. Trotzdem war sie sehenswert und hatte ihre ganz eigene geheimnisvolle Aura. Doch so richtig konnte er sich nicht auf die Besichtigung konzentrieren. Immer wieder dachte er an das, was Max ihm gesagt hatte. Er, Max, der heitere, elegante Gentleman, der so eine erstaunliche Wirkung auf die Menschen hatte – er sollte mal ein Penner gewesen sein? Ben versuchte sich vorzustellen, wie Max mit verlotterter Kleidung durch die Gegend torkelte oder unter freiem Himmel schlief. Aber es gelang ihm nicht. Es war einfach unmöglich. Bestimmt hatte Max sich einen Scherz erlaubt und würde ihn früher oder später aufklären.

*

Kurz darauf hatten sie alles gesehen, verließen die Grotte und machten sich auf den Rückweg in Richtung Parkplatz. Unterwegs fanden sie eine Stelle, wo man abseits des befestigten Weges den Hang entlang wandern konnte. Das taten sie und fanden einen Felsvorsprung, auf dem sie bequem sitzen und von den übrigen Touristen ungestört rasten und reden konnten. Sie nahmen Platz, kramten ihre Wasserflaschen aus den Rucksäcken hervor und schauten auf das prächtige Panorama der Lassithi-Hochebene. Nach einer Weile sagte Ben mit einem herausfordernden Lächeln:

„Ich weiß, dass du mich hochnehmen wolltest. Ich falle nicht darauf rein!"

Max grinste nur.

„Ich bin gespannt auf deine Geschichte. Aber die richtige!"

„Also gut. Ich erzähle sie dir", sagte Max lächelnd. Dann setzte er an: „Meinen ersten Schluck Alkohol habe ich getrunken, als ich 15 war. Zusammen mit einem Freund. Ich war damals voller Ängste, Selbstzweifel und depressiver Gefühle. Ich hatte eine sehr problematische Kindheit, und in der Pubertät wurde es nicht viel besser. Meine Mitschüler empfanden mich als seltsam, weil ich immer ernst und in mich gekehrt war. Statt mit anderen Kindern draußen zu spielen oder Sport zu machen, blieb ich oft allein und las stundenlang Bücher. Ich hatte damals nur einen einzigen Freund: Paul war in seiner Klasse genau wie ich der Einzelgänger. Und so hatten sich die Richtigen gefunden.

Es war Sommer, und wir saßen im Park auf einer Wiese. Paul hatte zwei Flaschen Bier aufgetrieben, die er jetzt aus der Tasche kramte. Ich war erst erschrocken, denn ich hatte einen höllischen Respekt vor Alkohol, aber Paul überredete mich, und schließlich stießen wir an und tranken. Ich erinnere mich noch genau an diesen ersten Biergeschmack. Es schmeckte grauenhaft, aber ich fühlte mich irgendwie verwegen und unheimlich erwachsen. Sowie wir einige Schlucke getrunken hatten, spürte ich dieses warme wohlige Gefühl in meinem Inneren aufsteigen. Und schon bald waren all die Ängste und miesen Gefühle in mir wie weggeblasen, und mich erfüllte ein unbeschreibliches Gefühl von Leichtigkeit und Sorglosigkeit.

Paul schien es ähnlich zu gehen, denn er sprang auf und begann wie ein verrückter Indianer auf der Wiese herumzutanzen, und das sah so lustig aus, dass ich ebenfalls aufsprang und es ihm gleich tat. Einige Spaziergänger sahen kopfschüttelnd zu uns herüber, aber das war uns vollkommen egal. Wir waren selig und vergaßen alles um uns herum. Es war, als hätte ich einen Wundertrank der Götter entdeckt, und ich wusste in diesem Moment, dass Alkohol von nun an mein bester Freund sein würde.

Eine halbe Stunde später wurde mir fürchterlich übel, und ich übergab mich. Aber auch das fand ich lustig, und es konnte meinen Moment der Glückseligkeit nicht schmälern, den ich zuvor gehabt hatte.

Von diesem Tag an tranken wir beinahe täglich, meist schon nachmittags nach der Schule. Mit Bier im Bauch fühlte ich mich sorglos, stark und unbesiegbar. Wir schlossen uns einer Gruppe Jugendlicher an, die sich nachmittags in einem anderen Park trafen, Tischtennis spielten und Bier tranken. Dazu gehörten auch einige Mädchen. Dank dem wundersamen Göttertrank wurde ich gesellig und war bald beliebt in der Gruppe. Ich fand sogar eine Freundin, Melanie hieß sie. Es waren wunderbare Zeiten.

Aber die Menge Bier, die ich trank, wuchs und wuchs. Aus einem Bier am Nachmittag wurden zwei, dann drei... Irgendwie gelang es mir, mein Abitur zu machen. Meine Leidenschaft fürs Lesen war mir geblieben, und so schrieb ich mich für ein Germanistik-Studium ein. Aber statt mich ernsthaft mit Literatur zu beschäftigen, studierte ich lieber das Berliner Nachtleben. An den Wochenenden trank ich oft solche Mengen Bier, dass ich kaum noch wusste, was in der Nacht passiert war, wenn ich am nächsten Nachmittag mit schwerem Kater erwachte. Bald trank ich nicht mehr nur am Wochenende, und es dauerte nicht lange, da trank ich zum ersten Mal schon morgens ein Bier, um die innere Unruhe und das Zittern in den Griff zu bekommen.

Und so kam es bald zum peinlichsten Moment meines Studiums. Einmal sollte ich ein Referat halten. Es ging um ein Goethe-Gedicht, ich weiß nicht mehr, welches. Vor Aufregung hatte ich abends nicht schlafen können, und so hatte ich mich in den Schlaf getrunken. Am nächsten Morgen war die innere Unruhe so unerträglich, dass ich gleich weiter trank. Um es kurz zu machen: Als ich im Hörsaal vor den Kommilitonen stand und über Goethes Lyrik sprechen sollte, war ich angetrunken, lallte und konnte kaum einen geraden Satz sprechen. Dann wurde mir schlecht, und ich übergab mich vor aller Augen auf das Pult.

Niemand lachte. Alle waren erschüttert, und das war fast noch peinlicher. Der Professor war sehr verständnisvoll, führte mich nach draußen und rief für mich ein Taxi.

Damals schwor ich mir, mein Alkoholproblem in den Griff zu bekommen und hörte für einige Monate auf. Doch dann wurde ich übermütig und dachte, nachdem ich solange nichts getrunken hatte, dass ich nun kontrolliert und maßvoll trinken könnte. Das klappte auch – einige Wochen lang. Aber dann wurde es wieder schlimmer. Trotzdem gelang es mir, mich irgendwie über Wasser zu halten, und wurde zum Langzeitstudenten. Bis ich irgendwann nicht mehr fähig war, mich zum neuen Semester zurückzumelden. Ich bekam kein Bafög mehr, konnte die Miete für meine Studentenbude nicht mehr zahlen und wurde schließlich vor die Tür gesetzt. Mit 25 war ich obdachlos und alkoholkrank."

Max hielt inne, trank einen Schluck aus seiner Wasserflasche und blickte ernst in die Ferne. Ben hatte wortlos zugehört und versuchte all das zu verarbeiten. Unwillkürlich legte er die Hand auf Max' Schulter und ließ sie eine ganze Weile lang dort liegen.

„Wahnsinn!", sagte er schließlich. „Was war mit deinen Eltern? Deiner Familie? Konnten die dir nicht helfen?"

„Meine Eltern waren selbst Alkoholiker und hatten mit sich genug zu tun."

„Also warst du ganz auf dich allein gestellt."

Max nickte und setzte wieder an:

„Mein Leben drehte sich nur noch darum, Alkohol zu beschaffen und einen Platz zum Schlafen zu finden. Ich schnorrte mir ein paar Mark zusammen und kaufte mir billigsten Schnaps, um meinen Pegel halbwegs zu halten. Oft genug reichte das Geld nicht, und dann litt ich unter unerträglichen Entzugserscheinungen – innere Unruhe bis hin zu Panik, Zittern, Schweißausbrüchen. Bald kamen auch Halluzinationen dazu. Dann sah ich überall seltsame weiße Weltraumspinnen durch die Gegend krabbeln. Es war wirklich grauenhaft."

„Weltraumspinnen?"

„Ja", lachte Max. „Ich weiß nicht, wie ich es besser beschreiben soll. Die Biester leuchteten weiß, hatten Körper wie achtbeinige Stabheuschrecken und lange Beine, mit denen sie sich in Zeitlupe fortbewegten, auf Möbeln, Lampen und an den Wänden. Und am Boden hatten sie Büschel weißer Wolle hinterlassen, alles war voll davon. Und das alles sah so echt aus, dass ich oft versuchte, danach zu greifen. Es war unheimlich."

„Puh!", machte Ben.

„Im Sommer schlief ich in einem Pavillon in einem Park. Im Winter, wenn es zu kalt war, pennte ich in U-Bahnhöfen. Manchmal, wenn ich genug Geld zusammen geschnorrt hatte, leistete ich mir ein Bett in einer Obdachlosenpension. Dort konnte ich dann auch mal duschen. Aber die meiste Zeit lief ich verschmutzt, übel riechend und verwahrlost in der Gegend herum, spürte angeekelte Blicke auf mir und wurde beschimpft, bespuckt und verjagt.

Meine einzigen Freunde – in Anführungsstrichen – waren einige andere Obdachlose, unter anderem einer meiner Freunde von der Tischtennisplatte im Park. Allesamt leben sie nicht mehr, haben sich längst zu Tode gesoffen. Bei ihnen fand ich ein bisschen Unterstützung und Trost, und wir halfen uns aus mit Zigaretten, Essbarem und Alkohol. Es kam aber auch vor, dass wir uns um den letzten Schluck Schnaps oder eine Zigarette prügelten.

Um eine lange Geschichte kurz zu machen: So lebte ich sieben Jahre lang, bis ich eines Tages dem Tod von der Schippe sprang."

*

Sie hatten eine Weile schweigend gesessen, als Ben endlich wieder das Gefühl hatte, sprechen zu können.

„Es fällt mir sehr schwer, mir das vorzustellen... Was war dann? Wie ist das passiert, dass du..."

„Fast gestorben wärst?"

„Ja, genau."

„Ich wurde krank. Grippaler Infekt. Konnte mich nicht mehr um Nachschub kümmern. Ich bin in den Entzug geraten und ins Delirium gefallen. Erst kamen wieder die Weltraumspinnen, größer und fetter als je zuvor. Dann wurde mir schwarz vor den Augen. Als ich wieder erwachte, war ich im Krankenhaus. Wie ich erfuhr, hatte ich wohl einen Krampfanfall gehabt, war gestürzt und hatte mich so schwer am Kopf verletzt, dass ich fast verblutet wäre. Ich blieb drei Wochen in der Klinik – zur Behandlung der Verletzung, aber auch zur Entgiftung. Das war nicht das erste Mal, dass ich entgiftete. In den Jahren zuvor war ich immer wieder schwer betrunken oder im Delirium von der Straße aufgesammelt und ins Krankenhaus gebracht worden. Und jedes Mal, wenn ich wieder raus gekommen war, hatte ich nichts Besseres zu tun, als zum nächsten Supermarkt zu eilen und mir Schnaps zu besorgen. 'Drehtürpatient' nennen die sowas in den Suchtstationen.

Aber diesmal geschah etwas, das mein ganzes Leben zum Guten wendete."

„Was ist passiert?", fragte Ben.

„Wenn du im Krankenhaus Entzug machst, bist du

verpflichtet, an verschiedenen therapeutischen Veranstaltungen teilzunehmen. Mehrmals in der Woche kommen Vertreter von diversen Selbsthilfegruppen in die Suchtstationen und stellen sich vor. Ich hatte das schon ein paar mal erlebt, und es war immer dieselbe lästige Pflichtveranstaltung, denn diese Leute erzählen einem immer, wie man es schafft, trocken zu bleiben. Und das wollte ich ja gar nicht... zumindest dachte ich das. Bis zu diesem einen Tag."

Er hielt inne, atmete durch und fuhr dann fort:

„An diesem Tag kamen zwei Leute von den anonymen Alkoholikern. Eine Frau Mitte Vierzig und ein Mann Anfang Fünfzig. Beide hatten eine sehr freundliche, sympathische Ausstrahlung. Sie erzählten, wie sie trocken geworden waren und wie ihnen die anonymen Alkoholiker dabei geholfen hatten.

Soweit nichts besonderes. Aber dieser Mann hatte irgendwas an sich. Ulrich hieß er. Er strahlte mit einer Freundlichkeit und Heiterkeit, die mich beeindruckte und in den Bann zog. Ich war neugierig, mehr über ihn zu erfahren. Nach dieser Veranstaltung sprach ich ihn an. Er nahm sich Zeit, ausführlich mit mir zu sprechen. Bei einem Spaziergang übers Klinikgelände redeten wir – bestimmt zwei, drei Stunden.

Er sagte eine Menge interessante Dinge. Aber eine Sache ist mir besonders eindringlich im Gedächtnis geblieben. Er sagte ungefähr: 'Eigentlich *wollen* wir Trinker gar nicht saufen. Wenn wir könnten, würden wir es sofort lassen. Wir *reden uns nur ein*, dass wir trinken wollen. In Wahrheit trinken wir aus einem ganz anderen Grund: Wir haben Angst! Angst davor, nüchtern zu sein. So wahnsinnige Angst, dass wir uns lieber selbst belügen und alles Mögliche tun, um an Alkohol zu kommen. Wir haben gelernt, dass der Entzug furchtbar ist, und den wollen wir unbedingt vermeiden. Aber selbst, wenn wir es mal schaffen, die schlimmen ersten Tage des Entzugs hinter uns zu bringen, fühlen wir uns immer noch mies, denn das Leben ohne Alkohol erscheint uns grau und hässlich. Wir haben eine Scheißangst vor diesem Leben.'"

Max machte eine kurze Pause, dann fuhr er fort:

„Ulrich sprach mir aus der Seele. Ich kannte diese Angst nur zu gut. Er sprach weiter: 'Die gute Nachricht ist: Das hört auf. Wenn du nur fleißig Selbsthilfegruppen besuchst oder Therapie machst – oder am besten beides – und lange genug am Ball bleibst, dann verschwindet diese Angst. Jeden Tag ein bisschen mehr. Und die Freude am Leben kehrt zurück. Und irgendwann kommt der Tag, wo du merkst: Ich bin frei! Und dann wirst du froh sein, dass du nicht mehr saufen musst und dass du wieder ein Leben hast. Und zwar ein verdammt schönes Leben! Ein viel besseres Leben, als du es jemals mit Alkohol gehabt hast.'

Ulrich sagte das mit einem so freudigen Strahlen in den Augen, dass ich nicht anders konnte, als ihm jedes Wort zu glauben. Dann sagte er noch: 'Zieh deine Therapie durch und vertrau darauf, dass das gute Leben bald kommt. Und dann wird es kommen. Nur eins darfst du nicht tun: Du darfst nie wieder auch nur einen einzigen Schluck Alkohol trinken. Denn dann fängt alles von vorne an.'

Ulrich hatte geschafft, was eine Menge Bekannte, Ärzte und Suchttherapeuten nicht geschafft hatten: Er hatte mir Vertrauen gegeben! Vertrauen darauf, dass ein Leben ohne Alkohol schön sein konnte. Und dass diese teuflische Angst davor unbegründet war. Genau genommen ist diese Angst sogar ein wichtiges Symptom jeder Sucht – wenn nicht sogar das wichtigste und tückischste überhaupt... denn sie ist das, was die Sucht am stärksten am Laufen hält.

Wie auch immer... Tatsächlich waren es diese beiden Schlüsselworte, die mich gerettet haben: Angst und Vertrauen."

Nachdenklich schaute er ins Weite, dann fuhr er fort:

„Danach machte ich eine drei Monate dauernde Therapie in einer Spezialklinik. Ich musste alles neu lernen: Lesen. Schreiben. Feinmotorik. Wie ein Kind musste ich ganz von vorne anfangen. Es dauerte Monate, bis ich meine Hände wieder einigermaßen unter Kontrolle hatte und bis ich mich so konzentrieren konnte, dass ich wenigstens ein paar Seiten in einem Buch lesen konnte. Und du weißt ja, wie wichtig mir das Lesen immer war und bis heute ist. Du wirst dir meine Freude kaum vorstellen können, als ich eines Tages mein erstes vollständiges Buch gelesen hatte. Ich weinte vor Glück!

Und noch etwas musste ich neu lernen: Menschen in die Augen zu sehen. All die Jahre war ich so voller Scham gewesen und hatte mich so erniedrigt gefühlt, dass ich niemandem in die Augen schauen konnte. Ich sah immer nur auf den Boden. Ich musste das buchstäblich trainieren. Zuerst mit meinem Therapeuten. Dann gab er mir den Auftrag, den Leuten in der Klinik bewusst in die Augen zu schauen. Erst fühlte es sich ganz falsch an, und ich schämte mich furchtbar dabei. Aber ich gewöhnte mich daran, und langsam kehrte meine Selbstachtung zurück.

Und auch das habe ich gelernt: Du schaffst es nicht allein! Du brauchst Hilfe, denn die Sucht ist mächtiger als du selbst. Ich musste lernen, mich auf andere Menschen einzulassen, ihre Hilfe anzunehmen. Oder besser gesagt: Ich *durfte* das lernen. Denn das war ein großes Geschenk! Ohne die Therapeuten und die anderen Trinker in den Selbsthilfegruppen hätte ich es niemals geschafft! Und wenn man das erst mal zulässt – die Gemeinschaft mit anderen, wenn man sich öffnet und mit anderen Menschen über seine wahren, innersten Probleme spricht, ist das so unglaublich wohltuend! Du lernst, du selbst zu sein. Dich selbst zu akzeptieren, wie du bist. Dich nicht mehr verstellen zu müssen, sondern zu spüren, dass du gemocht wirst. Mit all deinen Fehlern und Schwächen."

Er machte eine bedeutungsvolle Pause und sagte dann:

„Das, lieber Ben, ist nicht nur der Schlüssel zum Trockenbleiben. Das ist der Schlüssel zum Glück."

*

Ben musste das alles sacken lassen, bis er hervorbrachte: „Ich kann dir kaum sagen, wie beeindruckt ich bin, dass du das geschafft hast. Ich bin froh, dass du die Kurve gekriegt hast!“

Erneut legte er die Hand auf Max' Schulter und fügte hinzu: „Sonst hätten wir uns nie getroffen!“

Max lächelte.

„Und jetzt verstehe ich, wieso du so voller positiver Energie und Lebensfreude steckst. Wer einmal so tief gesunken war, der ist dankbar für jeden Tag, an dem es ihm einigermaßen gut geht.“

„Das stimmt wohl. Und dann stimmt es auch wieder nicht. In einer Sache hast du Recht: Was man aus meiner Geschichte lernen kann, ist das: Jeder, der in irgendeiner Art von persönlichem Schlamassel steckt, kann sich daraus befreien und zu einem guten, lebenswerten, sogar glücklichen Leben finden!

Und wenn jemand, der ein solches Wrack war wie ich, das geschafft hat, dann schafft es erst recht auch jeder andere. Ich bin mir sicher, dass niemand erst durch die Hölle gehen muss, um Glück und Lebensfreude zu finden. Alles, was ich in der Therapie und in den Gruppen gelernt habe, können auch ganz normale Menschen für sich nutzen, um ein schönes, erfülltes Leben zu führen. Du musst dafür kein Süchtiger sein und auch sonst nicht irgendwelche schlimmen Schicksalsschläge erlebt haben.“

„Was hast du sonst noch gelernt in der Therapie? Was ist das Geheimnis deines Erfolges? Was muss man tun, um so glücklich zu sein wie du?"

„Ach Gott, das ist so viel... Da weiß ich gar nicht, wo ich anfangen soll!"

Er hielt inne und schien sich etwas zu überlegen. Dann begann er schalkhaft zu grinsen und sagte:

„Weißt du was? Ich schlage dir ein neues Tauschgeschäft vor: Du begleitest mich übermorgen bei meinem nächsten Ausflug, und dann erzähle ich dir, was ich gelernt habe!"

„Schon wieder ein Ausflug?!", ächzte Ben.

„Allerdings! Dir kann es nicht schaden, *ein bisschen aktiv* zu werden. Du weißt schon: Das ist das beste Mittel gegen depressive Verstimmungen"

„Ein bisschen aktiv?! Ich habe in diesem Urlaub schon mehr unternommen als in den letzten fünf Jahren zusammen."

„Schlimm genug!", lachte Max. „Im Übrigen kannst du ja morgen den ganzen Tag am Pool herumgammeln."

„Also gut...", stöhnte Ben. „Und wo soll es diesmal hingehen?"

„Wir machen eine kleine Bootstour an die Nordwestküste. Dort gibt es eine Lagune mit Strand, die traumhaft schön sein soll, die Balos-Lagune."

„Hmm... klingt nicht so übel."

„Also, sind wir im Geschäft?"

„Was bleibt mir übrig?", lachte Ben.

*

Am übernächsten Tag bestiegen die zwei gleich nach dem Frühstück das Cabrio und fuhren westwärts die Küste entlang. Ziel war der Hafen Castelli im Hafenstädtchen Kissamos. Sie folgten der Küstenstraße E75, die zunächst nach Rethymnon führte und dann weiter nach Chania, der zweitgrößten Stadt der Insel. Von hier ging es weiter über die E65 zu ihrem Ziel. Die Fahrt bot ihnen reizvolle Blicke auf die Ägäis und die Küstenlandschaft, führte durch Dörfer und malerische Städtchen. Ben bereute es nicht, dass er sich zu diesem Ausflug hatte breitschlagen lassen. Er spürte, wie das herrliche Sonnenwetter und die Eindrücke, die sich ihm bereits im offenen Cabrio boten, seiner Seele gut taten.

Am Hafen in Kissamos angelangt bestiegen sie ein kleines Ausflugsschiff mit vielleicht zweihundert Plätzen, die allerdings zum Glück nur etwa zur Hälfte besetzt waren. Einer der Vorteile, in der Vorsaison unterwegs zu sein. Sie nahmen Platz auf einer Holzbank an Deck, das nach allen Seiten hin offen und nur mit einer weißen Plane überdacht war.

Das Boot legte ab und schipperte entlang der schroffen Felsenküste der Halbinsel Gramvoussa. Die Sonne, der laue Fahrtwind, das Klatschen und Rauschen des Meeres – all das sorgte dafür, dass Ben ein zunehmendes Wohlbehagen empfand.

Plötzlich entstand ein kleiner Aufruhr unter den Bootsgästen: Kinder begannen zu jubeln, und alles reckte und bewegte sich nach Steuerbord: Eine Gruppe Delfine war aufgetaucht, die das Schiff begleiteten und ein ums andere Mal Luftsprünge vollführten. Ben konnte nicht anders, als sich von der Heiterkeit dieser lebenslustigen Tiere anstecken zu lassen.

Einige Zeit später legte das Boot an einer vorgelagerten Insel an, die wie die Halbinsel Gramvoussa hieß. Hier hatten sie Gelegenheit zu einer kleinen Spazier- und Klettertour hinauf zu einer venezianischen Burgfestung hoch oben auf der Insel. Von dort bot sich ihnen ein imposanter Blick auf die Balos-Lagune, die wie eine Südsee-Trauminsel vor ihnen lag und in einer ganzen Palette von Sand- und Türkistönen im Sonnenlicht schimmerte.

Nach diesem Zwischenstopp ging es weiter in die Nähe des Lagunenstrandes. Da das Wasser hier zu flach war für das Ausflugsschiff, wurden die Fahrgäste auf kleinere Barkassen verteilt und zum Strand geschippert. Ben und Max kletterten von ihrem Bötchen und machten sich dann daran, die Umgebung zu erkunden. Die meisten der Bootsgäste mieteten sich Liegen und Sonnenschirme und machten es sich am Strand bequem, während die beiden Männer sich etwas abseits von den Besuchermassen hielten und barfuß über den feinen Sand stapften.

Sie suchten sich ein schönes Plätzchen, wo sie Strandtücher ausbreiteten, ihre Lunchpakete auspakkten und mit großem Appetit aßen. Nachdem sie eine Weile gesessen und geplaudert hatten, sagte Max:

„Jetzt ist wohl eine gute Gelegenheit, dass ich meinen Teil von unserem kleinen Tauschgeschäft einlöse. Du wolltest ja wissen, was ich in all den Jahren der

Therapie gelernt habe. Ich musste tatsächlich in den letzten zwei Tagen ein bisschen darüber nachdenken und das alles mal sortieren."

„Ich bin sehr gespannt!", sagte Ben.

„Also, was ich gelernt habe, war vor allen Dingen eine Strategie zum Trockenbleiben. Das klingt erst mal unspektakulär. Aber ich habe inzwischen verstanden, dass es weitaus mehr war als das: Es war eine Strategie zum Glücklichsein! Nicht mehr und nicht weniger. Denn all die Dinge, die ich gelernt habe und all die kleinen und großen Veränderungen, die ich in meinem Leben umgesetzt habe, haben Stück für Stück mein Lebensglück vergrößert und verfestigt."

„Klingt vielversprechend!", sagte Ben.

„Allerdings muss ich dir gleich sagen... Falls du jetzt ein einfaches Rezept erwartest, eine Art goldenen Schlüssel, dann muss ich dich enttäuschen. Das Ganze ist etwas komplizierter, und es ist ein langer Weg. Ja, im Grunde ist es eine Lebensaufgabe – an der ich selber übrigens auch heute noch jeden Tag arbeite."

„Wäre auch zu schön, wenn es einfach wäre."

„Aber es ist ein schöner Weg. Ein Weg, der einen immer wieder belohnt und viele kleine Glücksmomente schenkt. Und du spürst Schritt für Schritt, Etappe für Etappe, wie es dir zusehends besser geht. Wie sich dein Lebensgefühl steigert. Wie alles immer leichter geht. Jeden Tag ein bisschen."

Er machte eine Pause, offenbar um seine Gedanken zu sortieren, dann fuhr er fort:

„Wenn ich versuche, diese Strategie unter einer Überschrift zusammen zu fassen, dann geht es darum, Verantwortung zu übernehmen. Verantwortung für das eigene Glück – und es aktiv zu gestalten – oder wenigstens die Voraussetzungen dafür zu schaffen. Und zwar in allen Lebensbereichen. Klingt nicht unbedingt nach Spaß, oder?", lächelte Max.

„Hmm... nicht wirklich", lachte Ben. „Aber wenn man am Ende so voller Energie und Lebensfreude steckt wie du, dann scheint es sich ja zu lohnen."

„Allerdings! Und glaub mir, tatsächlich macht es sogar Spaß! Also, weiter. Mein Therapeut hat damals zu mir gesagt: Eine stabile Abstinenz ruht auf sieben Säulen. Ebenso gut hätte er sagen können: Das Glück ruht auf sieben Säulen. Und er sagte, seine Aufgabe wäre es, mir dabei zu helfen, diese Säulen wieder aufzurichten."

Max schmunzelte und sagte dann:

„Wir sind ja hier in Griechenland. Also, stell dir einen schönen Tempel vor – sagen wir, den Tempel der Tyche. Das ist die Göttin des Glücks. Auf Bildern oder bei Statuen wird sie oft mit einem Füllhorn dargestellt, aus dem sie das Schicksal über die Menschen streut. Bei den Römern hieß sie Fortuna – dieser Name ist besser bekannt. Streng genommen ist Tyche die Göttin der glücklichen Fügung und des Schicksals, also nicht ganz exakt das, was wir meinen, wenn wir vom Lebensglück sprechen. Aber da wollen wir jetzt mal nicht kleinlich sein."

„Kann das sein, dass du gerade ein bisschen abschweifst?", neckte Ben.

„Ja, kann sein...", lachte Max. „Stell dir also den Tempel der Tyche mit seinen sieben Säulen vor. Sie stehen für die Lebensbereiche, die unser Glück bestimmen. Du kannst dir vorstellen, dass diese Säulen nach meinen Jahren in der Säuferhölle in Trümmern lagen. Ich habe buchstäblich Jahre gebraucht, um sie wieder aufzubauen."

„Okay, und welche Säulen sind das?"

„Rate doch mal. Welche Säulen könnten das sein?"

Ben überlegte. Schließlich sagte er:

„Gesundheit?"

„Richtig! Was noch?"

„Liebe!"

„Genau!"

„Freundschaft?"

„Natürlich! Allerdings hat mein Therapeut das anders genannt: 'Soziale Beziehungen' hat er dazu gesagt. Was fällt dir noch ein?"

„Hmm... man braucht ein Dach über dem Kopf, Essen."

„Und wie bekommt man das?"

„Man braucht Geld."

„Genau. Mit einem Wort: Finanzen. Auch eine wichtige Säule. Aber das sollte man nicht missverstehen. Geld ist zwar wichtig, weil wir große Probleme bekommen, wenn es fehlt. Erst, wenn wir genug davon haben, ist alles in Ordnung. Ich bin aber überzeugt, dass Geld sehr leicht zum Problem werden kann, wenn wir unser Herz allzu sehr daran hängen. Geld – oder die Gier danach – sollte nicht zum bestimmenden Lebensinhalt werden, denn dann verdrängt es all die Dinge, die im Leben auch noch wichtig sind – und dann gerät der Säulenbau in Schieflage."

„Tja, das sind wohl eher Luxusprobleme. Die habe ich zum Glück nicht."

„Wirklich nicht?", fragte Max mit einem prüfenden Blick und schaute kurz auf Bens Armbanduhr, die zwar kein Luxusmodell war, aber doch elegant und eindeutig nicht billig.

„Ich denke nicht."

„Na, das werden wir vielleicht noch sehen. Aber gut. Überlegen wir weiter: Wie kommt man an Geld? Wenn man nicht gerade ein Vermögen geerbt hat?"

„Durch Arbeit."

„Genau. Das Berufsleben. Das ist die fünfte Säule. Zwei Säulen fehlen noch."

„Lass mich überlegen... vielleicht Hobbys?"

„Genau! Nennen wir diese Säule Freizeit. Und die letzte Säule?"

„Tja, gute Frage..."

Ben überlegte eine ganze Weile, dann gab er es auf.

„Interessant, dass dir dazu nichts einfällt. Mit diesem Punkt habe ich mich in meiner Therapie auch schwer getan. Dabei ist er so wichtig. Na?"

„Ich komme nicht drauf."

„Die siebte Säule ist der Lebenssinn."

„Oh... okay. Klingt einleuchtend, aber irgendwie auch... abstrakt."

„Das stimmt. Aber wenn ich dir gleich mehr darüber erzähle, wirst du sehen, dass dieser Punkt alles andere als abstrakt ist. Jedenfalls: All diese Lebensbereiche lagen bei mir in Schutt und Asche, als ich mit meiner Therapie begann. Ich musste bei Null anfangen."

„Meine Güte! Das muss dir ja wie eine unlösbare Aufgabe vorgekommen sein!"

„Und genauso war es auch. Natürlich kann man das nicht alles auf einmal in Ordnung bringen. Man muss Schritt für Schritt gehen. Und der erste Schritt war ganz klar meine Alkoholsucht – die Säule Gesundheit. Ich musste als erstes trocken werden – und lernen, auch trocken zu *bleiben*. Das habe ich natürlich nicht allein geschafft, sondern mit der Hilfe meines Therapeuten – aber auch mit der Hilfe der Selbsthilfegruppen. Und da kommt eine weitere Säule ins Spiel: die Säule soziale Beziehungen. Du merkst schon: Man kann die Säulen im Grunde gar nicht getrennt voneinander betrachten. Sie wirken alle zusammen, wie ein Organismus.

Ich arbeitete damals also vor allem an den beiden Säulen Gesundheit und soziale Beziehungen. Erst als ich eine einigermaßen stabile Abstinenz erreicht hatte, konnte ich mich wieder um Beruf und Geld kümmern – zwei weitere Säulen. Später habe ich weiter an der Säule Gesundheit gearbeitet und mit dem Rauchen aufgehört, meine Ernährung umgestellt, für einen geregelten Tagesablauf gesorgt, mit Sport angefangen und und und.

So, und dann gibt es noch eine weitere Herausforderung: Als trockener Trinker fällt man erst mal in eine große Leere, denn was hat man all die Jahre in seiner Freizeit gemacht?"

„Gesoffen."

„Genau. Ich musste lernen, meine Freizeit sinnvoll zu gestalten. Ich habe mir Hobbys gesucht, die mich entspannten und mir Freude brachten – das Singen, das Tanzen. Außerdem spiele ich gerne Tischtennis, und gehe regelmäßig joggen – und tue so zugleich etwas für die Säule Gesundheit. Ich lese für mein Leben gern, höre Musik... Heute geht es mir so, dass ich wochenlang allein sein könnte, ohne dass es mir je langweilig werden würde, weil ich immer etwas zu tun habe, was mir Freude macht: die Säule Freizeit.

Bald hatte sich mein Leben insgesamt so stabilisiert, dass ich wieder fähig war, eine Liebesbeziehung zu führen. Ich lernte Anna kennen und heiratete sie ein Jahr später."

Max hielt inne und atmete tief. Dann fuhr er fort:

„Und dann ist da noch die siebte Säule. Mein Therapeut hat mich damals gefragt: 'Wofür lohnt es sich für Sie zu leben? Was gibt Ihrem Dasein einen Sinn?' Ich musste lange darüber nachgrübeln. Aber ich fand keinen. Ich sagte das meinem Therapeuten, und der antwortete ungefähr: 'Das ist halb so wild. Dann ist eben die Suche nach einem Sinn ihr vorläufiger Lebenssinn. Sozusagen ein provisorischer Lebenssinn.' Und so machte ich mich auf die Suche nach einem Sinn. Nachdem ich etwa zwei Jahre lang trocken gewesen und regelmäßig zu den Meetings der anonymen Alkoholiker gegangen war, fiel es mir eines Tages plötzlich wie Schuppen von den Augen. Ich hatte meinen Lebenssinn die ganze Zeit vor der Nase gehabt und hatte es nicht bemerkt."

Er hielt inne und lächelte.

„Nun sag schon!"

„Mein Lebenssinn war: anderen Alkoholikern zu helfen. Neulingen in den Gruppen Unterstützung zu bieten. Ihnen mit meiner Geschichte zu zeigen, dass selbst die scheinbar hoffnungslosesten Fälle eine Chance haben, zu einem schönen Leben zu finden. Und das ist bis heute mein Lebenssinn. Auch jetzt, wenn ich mit dir rede und versuche, dir aus deiner Depression herauszuhelfen, erfülle ich meine Lebensaufgabe – einfach, indem ich dich unterstütze und für dich da bin, soweit ich das kann. Das tut mir gut und gibt mir Kraft. Wenn ich sehe, wie ein Neuling in der Gruppe langsam wieder zu Kräften und Hoffnung findet, dann ist das für mich unbezahlbar. Und heute, wenn ich dich lächeln sehe, erfüllt mich das mit Freude!"

Ben musste schlucken. „Danke...", sagte er nur und schwieg, weil ihm die Stimme versagte.

„Du siehst: Nicht nur ein Alkoholiker - sondern *jeder Mensch* sollte an diesen sieben Säulen arbeiten und sie standfest machen, weil sie so wichtig sind für ein zufriedenes, erfülltes Leben. Aber bei den meisten Menschen liegt heutzutage mindestens ein Bereich im Argen, oft gleich mehrere. Manche arbeiten zu viel, manche treiben Raubbau mit ihrer Gesundheit, wieder andere sind einsam und isoliert... Als Süchtiger bist du *gezwungen*, das alles in Ordnung zu bringen, denn sonst bist du immer in Gefahr, rückfällig zu werden. Du hast sozusagen eine gesteigerte Pflicht zum Glücklichwerden."

„Aber bist du denn immer glücklich?“

„Nein, natürlich nicht! Ich habe genau wie alle anderen meine Ängste, meine Sorgen, meine Traurigkeit und all das. Aber das alles fühlt sich längst nicht mehr so dramatisch an wie früher. Ich habe die Kraft, damit fertig zu werden. Ich habe gelernt, damit umzugehen, indem ich mit Freunden darüber spreche, indem ich meine Probleme aktiv in die Hand nehme und Lösungen suche. Und wenn ich eine gefunden habe, erfüllt mich das wiederum mit Zufriedenheit. Alles fällt einfach viel leichter. Du kannst dir vorstellen, dass ich am Boden zerstört war, als Anna starb...“

Die beiden schwiegen eine Weile lang.

„Hattest du da nicht den Drang zu trinken?“, fragte Ben.

„Zugegeben hatte ich einen Moment, an dem ich daran dachte. Aber nur kurz. Mir war völlig klar, dass mir das absolut nichts bringen würde. Es hätte alles nur viel, viel schlimmer gemacht. Nein: Ich hatte etwas viel besseres. Ich hatte meine Freunde. Und die waren da für mich, wann immer ich sie brauchte, egal ob Tag oder Nacht. Sie haben mich gerettet. Und ich bin ihnen bis heute unendlich dankbar!“

Er seufzte und fuhr fort:

„Wie gesagt, Ben, auch das ist ein großer Teil des Lebensglücks: zu wissen, dass man mit seinen Problemen nicht alleine ist. Und das Vertrauen zu haben, dass sich alles schon irgendwie finden wird.“

Ben dachte über diese Worte nach und sagte dann:

„Ich finde das sehr überzeugend, was du da erzählst. Ich meine, das alles ist nicht unbedingt neu.

Also dass man für seine Gesundheit sorgen sollte, dass man gute Freunde haben sollte, dass man ein ausgewogenes Leben führen sollte. Und trotzdem... so im Zusammenhang gesehen macht es schon irgendwie Sinn..."

„Du hast Recht. Neu ist das alles bestimmt nicht. Aber die Menschen neigen nun mal dazu, auch die einfachen Dinge zu vergessen und sich so in ihrem Alltag zu verstricken, dass sie sie aus den Augen verlieren."

Ben nickte.

„Und weißt du, was das Lustige ist?", fragte Max.

„Was?"

„Ohne es zu wissen, habe ich zu einem Lebensstil gefunden, den bereits vor über zweitausend Jahren ein bedeutender Philosoph empfohlen hat, und zwar als Anleitung zum Glücklichsein!"

„Ach wirklich? Welcher Philosoph?"

„Du wirst lachen: Es war ein Grieche! Und zwar Epikur."

„Ach, von dem habe ich glaube ich mal gehört. Aber warte mal... war das nicht der mit dem Hedonismus? Dass man es ordentlich krachen lassen und feiern soll und dass nur die Lust im Leben wichtig ist?"

„Tja, so wurde er oft gedeutet. Aber das war ein großes Missverständnis. Epikur hat eigentlich etwas ganz anderes gemeint. Ihm ging es vor allem um die Frage, wie der Mensch glücklich wird. Lust und Freude sind in seiner Philosophie ganz wichtig für das Lebensglück – aber nur in einem absolut gesundheitsverträglichen Maß! Es gab damals noch eine andere Denkerschule in Griechenland: Die Stoiker. Sie predigten, dass man vollständig auf alle Genüsse verzichten sollte und nur in strengster Askese und durch Abtötung der Emotionen zu einem glücklichen Leben finden könne."

„Das ist allerdings sehr extrem."

„Eben. Und davon hielt auch Epikur nichts. Er war ein Freund der Lebensfreude und des Lachens. Aber dazu hat er ganz klar gesagt, dass man gerade nicht exzessiv feiern soll. Sondern dass man alles im richtigen Maß genießen soll. Und das bedeutet, dass man alles vermeidet, was der Gesundheit schadet. Also alle Saufgelage, Fressorgien, exzessiven Sex... Übrigens: Der berühmte Ausspruch: Man soll aufhören, wenn es am schönsten ist, stammt von Epikur."

„Ah, interessant!"

„Man könnte auch sagen: Epikur lehrte die Kunst, das Leben zu feiern – ohne Exzesse und ohne der Gesundheit zu schaden. Er sagte, man solle sein Leben nach vernunftgemäßen Maßstäben und mit einer klaren Struktur einrichten, um so zu Ausgeglichenheit, Seelenfrieden und innerer Zufriedenheit zu finden."

Ben nickte.

„Ach, und noch etwas ist bei ihm ganz wichtig: Glücklich wird nur der, der wirklich gute Freunde hat!"

„Tja... das klingt tatsächlich so, als würdest du dein Leben genau nach Epikurs Philosophie führen."

„Siehst du?", lachte Max. „Durch puren Zufall bin ich zum Epikureer geworden."

Ben lachte mit. Max fuhr fort:

„Und eine Sache finde ich auch noch sehr interessant: Die alten Griechen hatten einen ganz besonders hübschen Glücksbegriff."

„Nämlich welchen?"

„Eudämonie – oder auch Eudaimonie!"

„Bitte was?"

„Ich weiß, klingt erst mal etwas sperrig, aber dahinter steckt eine sehr schöne Idee. Das Wort heißt übersetzt ungefähr: *Mit einem guten Dämon verbunden*. Wenn ein Mensch eine Frohnatur war, dann stellten sich die Griechen vor, dass dieser Mensch von einem guten Dämon geleitet wurde. Daraus entwickelte sich dann später der philosophische Glücksbegriff. Gemeint ist damit nicht das momentane Glück, etwa, wenn man heiratet, ein Kind geboren wird oder man einen besonderen Erfolg feiert. Das sind flüchtige Glücksmomente – die natürlich groß und wichtig sind und wertvoll, aber eben von kurzer Dauer, auch wenn man sich immer wieder daran erinnern kann und auch darin Glück findet. Gemeint ist vielmehr ein anhaltendes, nachhaltiges Lebensglück, also eine innere Verfassung und Haltung, die einem erlaubt, mit Freude, Zuversicht und Leichtigkeit durchs Leben zu gehen. Erst, wenn man diese innere Freiheit und Leichtigkeit hat, erst dann ist man auch wirklich in vollem Umfang offen dafür, die vielen kleinen Dinge im Leben zu würdigen und auszukosten, die uns jeden Tag kleine Glücksmomente schenken. Ein gutes Gespräch, ein schönes Essen, das Lächeln eines lieben Menschen und so weiter."

„Tja, das was du gerade beschreibst, trifft perfekt auf dich zu!", sagte Ben. Er schaute sich Max genau an und tat so, als würde er ihn nach etwas absuchen.

„Was?", fragte Max.

„Nichts. Ich sehe nur nach, ob ich deinen guten Dämon irgendwo finden kann."

Die beiden lachten. Dann fragte Ben:

„Bist du denn der Meinung, dass man unbedingt so leben muss wie Epikur, um glücklich zu werden? Gibt es nicht noch andere Wege?"

„Um Himmels willen, nein! Natürlich ist das nicht der einzige Weg. So vermessen bin ich nicht. Es gibt bestimmt noch eine Menge andere Möglichkeiten, glücklich zu werden. Aber mein Weg ist eben der, mit dem ich mich am besten auskenne. Ich bin ihn gegangen, und ich weiß, dass er funktioniert. Und nicht nur bei mir, sondern auch bei vielen anderen Menschen, die ich in den Selbsthilfegruppen und auch anderswo getroffen habe."

Ben nickte.

Max fuhr fort:

„Ich bin fest davon überzeugt: Für jeden Menschen lohnt es sich, so zu leben. Aber da die meisten Menschen keinen besonderen Anlass haben oder auch einfach nicht genügend Leidensdruck, sehen sie keinen Grund, etwas zu verändern. Oder sie können sich nicht vorstellen, dass so ein Leben wirklich Spaß machen könnte. Oder sie haben so viel um die Ohren, dass sie das gar nicht auf dem Schirm haben. Wie auch immer: Als Süchtiger hast du gar keine andere Wahl, dein Leben so einzurichten, denn ansonsten droht an jeder Ecke der Rückfall. Und am Ende stehen die drei großen K."

„Die drei großen K.?"

„Knast, Klapse, Krematorium."

Ben musste lachen.

„Alki-Sprüche", sagte Max und stimmte in das Lachen ein. „Aber leider sehr wahr. Wie auch immer: So hat sich meine ganze Suchttherapie als ein riesiger Glücksfall erwiesen, denn so bin ich geworden, was ich heute bin."

Daraufhin schwiegen sie eine Weile lang. Schließlich sagte Ben:

„Ich bin total beeindruckt, wie du dein Leben in den Griff bekommen hast... Aber wenn ich an mein eigenes Leben denke, dann wird mir ganz anders. Ich meine, mir kommt es so vor, als wäre mein ganzes Leben eine einzige riesige Baustelle...."

„Siehst du? Und genau so habe ich mich damals auch gefühlt."

„Aber das ist ja kein Vergleich. Du hattest *richtig schlimme Probleme*."

„Doch, das kann man sehr wohl vergleichen. Es geht einfach darum, dass du in einem Schlamassel steckst und herausgefordert bist, dich daraus zu befreien. Und das eigene Leben zum Besseren zu wenden. Die Frage ist: Wirst du dich dieser Herausforderung stellen? Oder wirst du resignieren und weiter machen wie bisher?"

*

„Tja...“, sagte Ben, „bisher habe ich ja genau das getan: einfach weiter gemacht. Aber jetzt, wo wir so darüber reden, will ich natürlich etwas ändern. Es ist nur so... ich weiß einfach nicht wie.

Es gibt so einige Dinge, die ich schon längst ändern wollte, zum Beispiel bei meiner Ernährung...“ Er klopfte sich auf seinen runden Bauch und fuhr fort: „Aber letztlich ist es immer gescheitert. Der innere Schweinehund war immer stärker. Gegen den fühle ich mich komplett chancenlos. Also... Wie hast du das hinbekommen? Wie hast du den inneren Schweinehund besiegt? Was ist dein Geheimnis?“

„Das kann ich dir gerne mal erzählen. Aber da müsste ich schon ein bisschen ausholen. Dafür reicht heute die Zeit nicht.“

Hier schmunzelte Max bedeutungsvoll.

„Okay“, sagte Ben, „ich werde dich daran erinnern. Das will ich nämlich wirklich unbedingt wissen!“

Max schmunzelte noch ein bisschen mehr. Ben fragte sich, was dieses Schmunzeln wohl wieder bedeutete, aber er hakte nicht nach, denn es gab noch einen anderen Gedanken, der ihn beschäftigte. Er sagte:

„Trotzdem... selbst wenn ich wüsste, wie ich es machen sollte... Mir kommt es einfach so aussichtslos vor. Wie ein Kampf, den ich nur verlieren kann.“

„Warum?“

„Weil es eben so wahnsinnig viele Baustellen in meinem Leben gibt. Als wir vorhin über die sieben

Säulen geredet haben, wurde mir klar, wie viel in meinem Leben schiefläuft. Ich habe da gar nicht mehr den Durchblick."

„Hmm...", machte Max, überlegte und sagte:

„Ich habe eine Idee. Ich glaube, das beste wird sein, wenn du dir für den Anfang erst einmal einen Überblick verschaffst, was das überhaupt für Baustellen sind, die du in deinem Leben hast. Kurz gesagt: Du solltest eine Inventur machen."

„Eine Inventur?"

„Ja, wie ein Kaufmann, der eine genaue Bestandsaufnahme über seine Waren und seine Einnahmen und Ausgaben macht. Die anonymen Alkoholiker machen in ihrem 12-Schritte-Programm auch eine Inventur. Auch wenn das bei denen etwas anders aussieht. Die machen vor allem eine spirituelle Inventur."

„Okay...", sagte Ben etwas ratlos.

„Aber das muss dich jetzt nicht verwirren. Ich schlage also vor, du machst eine Inventur über dein Leben. So weißt du ganz konkret, womit du es überhaupt zu tun hast. Und was man kennt, ist weniger bedrohlich als etwas, dass man nur so vage als einen Berg voller Probleme wahrnimmt. Und man kann logischerweise auch viel besser daran arbeiten.

Und wie man daran arbeitet – da werde ich dir wie versprochen eine ganze Menge Tipps und Tricks mitgeben."

„Das hört sich gut an!"

„Aber erst mal ist die Inventur wichtig. Wenn du willst, helfe ich dir gerne dabei."

„Ja, warum nicht? Schaden kann es wohl nicht..."

Max lachte. „Nein, schaden wird es bestimmt nicht. Lass uns gleich morgen nach dem Frühstück damit anfangen."

*

Am nächsten Morgen trafen sich die beiden beim Frühstück und wechselten danach an die Poolbar. Hier gab es einen Innenbereich mit Billardtischen, einigen Sitzgruppen und der Theke – alles hell und in modern-elegantem Design gehalten. Den Außenbereich bildete eine großzügige Balkonterrasse, auf der acht oder zehn Glastischchen mit bequemen Korbsesseln standen. Mannshohe Topfpalmen und weiße Schirme sorgten für ein bisschen Schatten, und von hier sah man hinaus auf die hügelige Olivenhain-Landschaft und erhaschte in der Ferne einen Blick auf die Ägäis. Der Pool lag abseits genug, sodass die beiden sich in Ruhe unterhalten konnten.

Sie hatten die freie Auswahl: Alle Plätze waren unbesetzt. So suchten sie sich einen Tisch am seitlichen Rand aus, von dem man den besten Blick auf die Landschaft genießen konnte. Sie setzten sich und bestellten bei der charmanten Servicedame Fruchtcocktails. Max legte einen Kugelschreiber und ein großes, in dunkelbraunes Leder eingeschlagenes Buch auf den Tisch.

„Was ist das?", fragte Ben.

„Ein Notizbuch. Ich habe es gestern in Rethymnon besorgt."

Max und Ben waren gestern nach der Bootstour getrennte Wege gegangen, und Max hatte gesagt, er wolle in der Stadt noch ein paar Besorgungen machen. Jetzt verstand Ben.

„Es ist ein Geschenk für dich. Betrachte es als den Anfang deines neuen Lebens."

„Danke!", sagte Ben.

Max schmunzelte und sagte:

„Na dann, Hefte raus, Klassenarbeit!"

Gehorsam nahm er den Kugelschreiber und das Notizbuch und schlug es auf.

„Also", sagte Max, „wir machen jetzt mal eine Liste mit den einzelnen Lebensbereichen, und dann gehen wir diese Liste Punkt für Punkt durch und schreiben auf, mit welchen Bereichen du unzufrieden bist oder sogar größere Probleme hast. Kurz: alle Bereiche, an denen du arbeiten möchtest."

„Okay."

„Also: die sieben Säulen. Ich schlage vor, du schreibst als erstes alle sieben Punkte auf. Weißt du sie noch?"

Ben überlegte kurz und sagte dann, wobei er zwischendurch überlegen musste:

„Gesundheit, soziale Beziehungen, Beruf, Finanzen, Freizeit, Liebe..."

„Und?"

„Lass mich kurz überlegen."

„Schon wieder klemmt es bei diesem Punkt", lachte Max. „Das ist ja wirklich sehr aufschlussreich."

„Ach ja!", sagte Ben. „Der Sinn!"

„Ganz genau!"

Als Ben alles aufgeschrieben hatte, sagte Max:

„Und jetzt gehen wir die einzelnen Bereiche nochmal durch. Erstmal zur Gesundheit. Da gibt es die Bereiche Körper, Geist und Seele. Schreib diese Begriffe mal dazu."

Ben schrieb.

„Was fällt dir zu diesen Begriffen ein?", fragte Max.

Ben saß da wie gelähmt. Er starrte auf die Liste und fühlte sich erschlagen. Wo sollte er anfangen?

„Tut mir leid", sagte er schließlich. Ich stehe gerade irgendwie auf dem Schlauch."

„Wenn du willst, helfe ich dir ein bisschen."

„Ja bitte!"

„Also, da sind vor allem deine depressiven Verstimmungen – die zählen natürlich zur seelischen Gesundheit. Diesen Punkt solltest du gleich als erstes ganz oben aufschreiben!"

„Oh Gott, ja natürlich!", sagte Ben und schüttelte über sich selbst den Kopf. „Wieso ich da nicht sofort selber drauf gekommen bin..."

Er schrieb.

„Gut. Bleiben wir mal bei der seelischen Gesundheit. Du hattest in der Patsos-Schlucht angedeutet, dass es in deiner Kindheit etwas gibt, das dich belastet. Etwas, über das du noch nie mit jemandem geredet hast. Eine innere Stimme sagt mir, dass diese ganze Schieflage in deinem Leben da ihren Ursprung haben könnte. Was immer es ist, Ben, ich glaube, dass es für dich sehr, sehr wichtig sein wird, dich damit auseinanderzusetzen. Mit jemandem darüber zu reden. Zum Beispiel mit einem Therapeuten. Oder auch mit mir. Ganz nebenbei bemerkt: Mein Angebot steht immer noch. Ich bin gerne für dich da und höre dir zu, wenn du es willst."

Ben sagte dazu nichts und schrieb sich auch diesen Punkt auf.

„Also weiter. Das war die seelische Gesundheit. Zum Thema Körper: Denk mal darüber nach, ob du genug Bewegung und Sport hast und ob du genug frische Luft bekommst."

„Da brauche ich nicht lange zu überlegen. Alles Fehlanzeige."

„Gut, also schreib auf: Für Bewegung sorgen, Sport treiben, öfter an die frische Luft gehen."

Ben schrieb.

„Wie steht es mit deiner Ernährung?"

„Ach Gott. Wie ich ja gestern schon angedeutet habe... Ich esse zu viele Süßigkeiten, wie man sieht." Er strich sich über seinen Bauchansatz. „Außerdem zu viel Fastfood, und definitiv zu wenig Gemüse..."

„Schreib es auf!"

Ben ächzte und schrieb.

„Dann zum Thema geistige Gesundheit: Schädigst du vielleicht deinen Geist, indem du zu viel Computerspiele spielst, zu viel mit dem Handy beschäftigt bist, zu viel TV oder Serien glotzt? Könntest du vielleicht öfter ein gutes Buch lesen? Oder mal in eine Ausstellung gehen? Etwas Kulturelles unternehmen?"

„Puh!", machte Ben. „Sieht auch ziemlich mau aus. Ich meine, PC-Spiele spiele ich nicht, aber ich glotze definitiv zu viel Netflix-Serien, bin auch zu oft am Handy und habe schon ewig kein Buch mehr gelesen."

Er rieb sich die Stirn und fügte dann schmunzelnd hinzu: „Und zum Thema Kultur... Zählen Barbesuche auch dazu?"

„Nein!", lachte Max. „Also: Aufschreiben!"

Ben nickte und machte sich eine Notiz.

„Und nun eine wichtige Sache, die alle drei Bereiche Körper, Geist und Seele gleichzeitig betrifft: Wie steht es mit dem Thema Abhängigkeit und Sucht? Liegt da bei dir etwas im Argen? Was ist mit Alkohol?"

Ben überlegte. Schließlich sagte er:

„Tja, also, was den Alkohol angeht, bin ich mir ehrlich gesagt nicht ganz sicher. Ich meine... ich glaube nicht, dass ich ein Alkoholiker bin. Aber es ist schon irgendwie ein Thema."

„Wie viel trinkst du denn?"

„Naja... schon so jeden Abend ein, zwei Gläser Wein. Bei besonderen Anlässen auch mal mehr. Aber ist das nicht ganz normal? Wenn ich mich im Speisesaal im Hotel umsehe, trinken die meisten anderen auch jeden Abend Alkohol."

„Das ist richtig. Aber ist es deswegen auch ratsam? Versteh mich nicht falsch. Ich will gar nicht sagen, dass jeder, der abends mal was trinkt, gleich ein Alkoholiker ist. Ich will das auch gar nicht verurteilen oder moralisch bewerten. Jeder soll tun und lassen, was er möchte. Aber es geht ja jetzt um das Thema Lebensglück. Und eins weiß ich, aus eigener Erfahrung, aus Gesprächen mit vielen anderen Betroffenen – und auch aus der Suchtforschung: Alkohol steht dem Glück im Wege, wenn man ihn nicht in sehr geringen Maßen genießt."

„Ja? Ich weiß nicht... ich bin da eigentlich ganz anderer Meinung. Ich meine... ein Gläschen Wein entspannt mich, und wenn man mit ein paar Leuten schön feiert und es mal krachen lässt, das macht doch Spaß, ist gesellig. Das bringt doch eine Menge Lebensfreude!"

„Das mag schon sein. Aber diese Freude ist trügerisch. Ich werde dir auch sagen warum: Erstmal zum Thema Entspannung: Jemand, der über Jahre so trinkt wie du, der hat schon mit den ersten Symptomen einer beginnenden oder sogar fortschreitenden Abhängigkeit zu tun. Es ist ja nicht nur der Kater am Morgen, der dich mies gelaunt in den Tag starten lässt. Es geht ja weiter. Vielleicht kennst du das: Innere Unruhe, Reizbarkeit, schwache Nerven... und das im Grunde den ganzen Tag lang. Beruflicher Stress fühlt sich doppelt und dreifach so schlimm an, als er eigentlich ist... All das sind die typischen Entzugserscheinungen von Leuten, die regelmäßig über ein gesundes Maß hinaus trinken – und wenn auch nur in vermeintlich kleinen Mengen, so wie du. Klar. Wenn du dann abends ein Glas Wein trinkst, fühlst du dich wunderbar – weil du mit dem Wein die Entzugssymptome beseitigst. Und das ist ein herrlich befreiendes und entspannendes Gefühl. So wie wenn man einen Schuh auszieht, der den ganzen Tag gedrückt hat. Du genießt die Befreiung von Entzugssymptomen, die du gar nicht erst hättest, wenn du nicht trinken würdest."

„Tja, also, du hast schon Recht. Ich habe schon ziemlich oft miese Stimmung, das weißt du ja. Und Reizbarkeit kenne ich auch gut. Aber hat das wirklich was mit Alkohol zu tun? Ich glaube eher, das liegt am Berufsstress und an meiner... Depression."

„Das ist tatsächlich eine interessante Frage. Und ich glaube, es ist wichtig, dass du das klärst. Was du aber auf jeden Fall wissen solltest: Regelmäßiger Alkoholkonsum – auch schon in kleinen Mengen – kann tatsächlich zu depressiven Verstimmungen oder sogar einer Depression führen. Das ist wissenschaftlich erwiesen und kommt sogar sehr häufig vor. Deshalb ist es schwer zu sagen, ob deine Verstimmungen mit dem Alkohol zu tun haben oder mit beruflichem Stress – oder womöglich mit der Geschichte mit deinem Freund Dennis und deiner Verlobten. Oder auch mit deiner Kindheit. Ich bin kein Arzt und kein Therapeut. Aber sehr wahrscheinlich kommen da einfach mehrere Faktoren zusammen, und das eine verstärkt das andere. Und das würde bedeuten, dass der Alkohol zumindest mitverantwortlich ist für deine schlechte Stimmung."

„Hmm...", machte Ben.

„Du solltest dir einfach bewusst machen: Alkohol ist ein Nervengift! Und wenn du dir das jeden Tag zuführst – selbst in kleinen Mengen – dann schwächst du damit zunehmend deine Nerven. Tag für Tag und Jahr für Jahr ein bisschen mehr. Du kannst weniger mit Stress umgehen, alles fühlt sich schlimmer und schwieriger an, als es in Wahrheit ist. Du hast immer öfter schlechte Stimmung, bekommst Probleme mit deinen Mitmenschen, weil du reizbar bist und so weiter und so weiter. Klar: Das abendliche Glas Wein mag dir dann Entspannung bringen, und die Party mit Alkohol macht vielleicht Spaß. Aber du bezahlst diese wenigen Stunden des scheinbaren Wohlgefühls mit einem massiven Angriff auf dein grundsätzliches Wohlbefinden. Du ruinierst langfristig dein Glück und dein Lebensgefühl, nur um dich abends für ein paar Stunden in eine dumpfe Weinseligkeit zu flüchten.

Und übrigens, was das Thema Feiern angeht: Ich hoffe, ich konnte dich davon überzeugen, dass man auch wunderbar ausgelassen feiern kann ohne zu trinken! Das ist nur eine Frage der Gewöhnung! Und tatsächlich hat man sogar mehr Spaß, wenn man mit klarem Kopf feiert. Wir leben einfach in einer Gesellschaft, wo das Trinken ständig dazu gehört. Und jeder denkt: Feiern ohne Alkohol macht keinen Spaß. Oder Entspannung ohne Alkohol funktioniert nicht. Aber ich sage dir: das ist schlicht und einfach nicht wahr! Es ist tatsächlich ein kollektiver Irrtum."

„Hmm... Woran liegt das deiner Meinung nach?"

„Weil die meisten Leute nie die Erfahrung gemacht haben, über längere Zeiträume keinen Alkohol zu trinken. Sie wissen ganz einfach gar nicht, wie das ist."

Ben dachte nach. Er konnte nicht leugnen, dass Vieles davon auf ihn zutraf. Trotzdem...

„Das würde ja bedeuten, dass die Mehrzahl der Menschen ein Alkoholproblem hat."

„Und so ist es ja auch."

„Ach ja?"

„Ja! Ich sage nicht, dass jeder von denen Alkoholiker ist. Ich sage nur, dass sie ein *Problem* mit Alkohol haben. Und das ist nicht die Privatmeinung eines militanten trockenen Alkoholikers. Die Weltgesundheitsorganisation sagt: Es gibt keinen unbedenklichen Alkoholkonsum. Alkohol ist *immer* bedenklich, selbst in kleinen Mengen. Es wird geraten, dass Männer pro Tag nicht mehr als 0,6 Liter Bier oder 0,3 Liter Wein trinken sollten, Frauen die Hälfte davon. Und an mindestens zwei Tagen in der Woche sollte man überhaupt gar keinen Alkohol trinken. Das gilt dann als risikoarmer Konsum. Also nicht *risikolos*, sondern nur *risikoarm*. Alles was darüber hinaus geht, ist bereits *riskanter* Konsum."

„Das heißt also, ich habe offiziell ein Alkoholproblem? Ich meine, ich trinke entschieden mehr. Bin ich also doch ein Alkoholiker?"

„So einfach kann man das nicht sagen. Das muss jeder für sich selbst herausfinden. Es ist generell eine falsche Vorstellung zu sagen, der eine ist Alkoholiker und der andere nicht. Die Suchtforschung geht davon aus, dass es da eher graduelle Unterschiede gibt. Vom leichten Gewohnheitstrinker, der jeden Abend ein, zwei Gläser Wein trinkt, bis hin zum schweren chronischen Säufer, der notfalls Brennspiritus in sich rein schüttet, um auf seinen Pegel zu kommen. Die Entwicklung einer Alkoholkrankheit ist ein langsamer, schleichender Prozess, der Jahre oder Jahrzehnte dauern kann. Es beginnt mit Gewöhnung, wird langsam aber sicher zu einer leichten, kaum spürbaren Abhängigkeit. Das einzige, was man allenfalls merkt, ist, dass man mit der Zeit mehr trinkt. Aus einem Glas in der Woche werden zwei, irgendwann drei, aus einem

Glas am Abend werden zwei, dann drei... und so weiter.

Man kann wohl davon ausgehen, dass viele Millionen Menschen irgendwo in diesem frühen Stadium der Abhängigkeit stecken, ohne dass sie sich selbst darüber im Klaren sind. Und nicht jeder endet irgendwann als Schwerstalkoholiker. Viele Menschen bleiben ihr Leben lang auf einem relativ niedrigen Trink-Niveau – etwa, weil sie durch ihre Familie oder ihre Wertvorstellungen einer ständigen Kontrolle unterliegen und es deswegen schaffen, ihr Maß zu halten. Und wenn sie damit zufrieden sind, ist dagegen ja auch überhaupt nichts einzuwenden. Ich denke nur: Wenn sie auf ihr Gläschen verzichten würden, würde es ihnen körperlich, geistig und seelisch viel besser gehen."

„Also, so gesehen bin ich bestimmt ein bisschen abhängig. Ich meine, ich würde niemals freiwillig auf mein Weinchen verzichten."

„Siehst du. Und man muss kein schwerer Alkoholiker sein wie ich, um Probleme zu bekommen. Ich habe in einer der Gruppen eine Frau kennengelernt, die jeden Abend nicht mehr als ein oder zwei Viertel Wein getrunken hat. Eine vollkommen vertretbare Menge, könnte man denken. Aber sie war ein psychisches Wrack, als sie zum ersten Mal ins Meeting kam. Sie hörte auf zu trinken und kam fleißig wieder, Woche für Woche. Und schon nach ein paar Monaten der Abstinenz war sie wie ausgewechselt. Wo sie vorher verzweifelt war und ständig geweint hat, war sie nun fröhlich und guter Dinge. Ein ganz neuer Mensch.

Der Wein am Abend hatte sie zu einem depressiven Nervenbündel gemacht. Und ich sage dir: So geht es vielen Tausenden Menschen, die das Trinken aufgeben.

Wie gesagt: Ich will nicht moralisieren, und ich will auch nicht den fanatischen Gesundheitsapostel spielen. Es geht einzig und allein darum, ein glückliches Leben zu führen. Und von diesem Standpunkt aus kann ich dir nur empfehlen, deinen Alkoholkonsum zu überdenken."

Ben dachte über Max' Worte nach. Wenn er ehrlich war, hatte er sich in den vergangenen Jahren immer wieder die Frage gestellt, ob er nicht vielleicht doch zu viel trank. Was, wenn Max Recht hatte? Was, wenn seine miese Stimmung wirklich auf den Alkohol zurückzuführen war, zumindest zum Teil? Vielleicht würde es ihm ja tatsächlich besser gehen, wenn er aufhörte zu trinken? Aber wie sollte er das anstellen? Sein Wein am Abend hatte einen festen Platz in seinem Leben. Wie sollte er ohne den auskommen? Er konnte sich das beim besten Willen nicht vorstellen.

„Tja... das Thema Abhängigkeit...", fuhr Max fort, „ich glaube inzwischen, dass dieses Thema viel mehr Menschen betrifft, als man so denkt. Es gibt ja nicht nur Alkohol- und Drogensucht, Nikotin- oder Medikamentenabhängigkeit. Überleg mal: Wie viele Menschen essen ungesund und werden übergewichtig und schaffen es nicht, ihre Ernährung umzustellen? Ist das nicht auch schon eine Form von Abhängigkeit? Und was ist mit Computerspielsucht? Exzessivem Serienglotzen? Konsumsucht? Handysucht? Sind das nicht alles Dinge, mit denen Menschen nicht nur massig Zeit und Geld verbrennen, sondern langfristig auch ihre Gesundheit und ihr Wohlbefinden untergraben?“

„Moment. Denkst du denn, dass man grundsätzlich die Finger von Medien lassen sollte? Ist das nicht in Ordnung, mal eine Serie zu schauen oder mal ein Handyspiel zu zocken?“

„Ach was! Ich finde das völlig in Ordnung, solange man es in Maßen macht. Aber wenn man die Freizeit mit nichts anderem verbringt, dann ist es ein Problem.“

„Aber wo fängt denn nun Sucht und Abhängigkeit genau an?“

„Das ist schwer zu sagen. Aber wenn jemand etwas tut, obwohl er es eigentlich lieber lassen würde – und trotz aller Versuche es nicht schafft, damit aufzuhören – wenn man also das Gefühl hat, man kommt mit seiner eigenen Willenskraft nicht dagegen an, dann liegt wohl eine Abhängigkeit vor. Sei es nun Alkohol, Medikamente, Süßigkeiten oder PC-Spiele oder was auch immer. Und dann braucht man eben Hilfe.“

Nachdenklich schwieg Ben und nickte.

„Ich kann dir nur sagen, Ben: Als ich mit dem Alkohol aufgehört habe, hat sich mein Leben in jeder Hinsicht zum Guten gewendet. Ich bin ein neuer Mensch geworden. Und das geht nicht nur mir so. Die meisten Menschen, die ich aus den AA-Meetings kenne, sind selbstbewusste, lebenslustige, erfolgreiche Leute, mit denen man übrigens auch ausgelassen feiern kann.

In unserer Gesellschaft herrscht die Vorstellung, dass Abstinenz eine triste Veranstaltung ist. Dass man zwar unter Aufbietung einer Menge Willenskraft zur Not auch ohne Alkohol auskommen kann, dass man sich aber um eine Menge Spaß und Lebensfreude beraubt. Aber das alles ist Unsinn. Genau das Gegenteil ist der Fall! Wer es schafft, über längere Zeit abstinent zu bleiben, der erlebt einen riesigen Zuwachs an Energie, Lebenslust, Nervenstärke und Entspannungsfähigkeit.

Und das könnte dir auch passieren!

Natürlich wird das nicht so einfach gehen. Es ist ein Lernprozess. Und wenn du erst einmal die Tipps und Tricks gelernt hast, mit denen man die Sucht überwinden kann, dann kannst du sie auch auf jede andere schlechte Angewohnheit, Abhängigkeit oder Sucht anwenden. Ich habe zum Beispiel ein Jahr nach meiner Alkoholabstinenz das Rauchen aufgegeben. Das war ein weiterer enormer Schritt hin zu einem besseren Lebensgefühl. Leider habe ich in dieser Zeit stark zugenommen und wurde ziemlich übergewichtig."

„Was, du?", lachte Ben und schaute auf Max' schlanken, durchtrainierten Körper.

„Ja, in der Tat. Irgendwann war ich damit so unzufrieden, dass ich auch das in den Griff bekommen wollte. Und so habe ich auch meine Ernährung umgestellt: Ich esse nur noch einmal in der Woche Zucker, und genieße das dann richtig und mit gutem Gewissen. Täglich Salat und Gemüse, kaum Fleisch, viel Ballaststoffe – und nach ein paar Monaten war ich schlank. Auch das hat mich in Sachen Wohlbefinden ein Riesenstück nach vorne gebracht."

„Bist du denn der Meinung man muss schlank sein, um glücklich zu sein?"

„Nein, natürlich nicht. Es gibt viele Menschen, die etwas üppiger gebaut sind und sich damit pudelwohl fühlen. Aber wenn du dich in deinem Körper unwohl fühlst und unzufrieden bist, weil es dir nicht gelingt abzunehmen, obwohl du das willst, dann lohnt es sich, das in Angriff zu nehmen."

„Okay...", sagte Ben.

„Als nächstes ging es dem Koffein an den Kragen. Wie die meisten trockenen Alkoholiker trank ich viel zu viel Kaffee. Bis zu sechs Tassen am Tag. Man spürt es kaum bewusst, aber das Koffein bringt eine Menge Unruhe und Nervosität. Ich merkte, dass ich Probleme hatte, gut zu schlafen und tagsüber richtig zu entspannen. Eines Tages sprach ich mit einem Freund, der zuvor mit dem Koffein Schluss gemacht hatte und der berichtete, wie gut es ihm seither ging. Also hörte ich auf mit dem Kaffee. Zu meiner Überraschung hatte ich einen richtig heftigen Entzug: Kopfschmerzen, miese Stimmung, Müdigkeit. Es war richtig hart. Und da merkt man erst mal, welchen Einfluss das Koffein hat. Aber nach ein paar Tagen ging das vorbei, und ich war vollkommen baff, wie gut es mir plötzlich ging. Ich schlafe seitdem viel besser, bin entspannter, spüre geradezu einen inneren Frieden. Nach einer Weile habe ich dann mal wieder Kaffee getrunken. Und die Strafe war eine fiese innere Unruhe und Nervosität. Daraufhin habe ich es gleich wieder bleiben lassen."

„Meine Güte, was denn noch alles? Kein Alkohol, keine Süßigkeiten? Kein Koffein? Das ist ganz schön drastisch. Wo bleibt da der Genuss? Das ist ja ein ganz und gar freudloses Dahin-Existieren!"

„So kommt es dir vielleicht vor. Aber hast du es schon mal ausprobiert? Ich sage dir: Ich habe in den Jahren gelernt, dass Alkohol, Rauchen und Koffein in Wahrheit gar kein Genuss sind, sondern sie sind geradezu das glatte Gegenteil. Sie sind Feinde des Genusses. Es gibt so viele andere Dinge, die man genießen kann, mit denen man aber nicht seine Nerven schwächt oder sich krank macht. Übrigens trinke ich inzwischen gerne mal einen koffeinfreien Latte Macchiato und finde das großartig."

„Du machst mich echt fertig, Max, weißt du das?"

Max lachte. „Ich kann dir nur sagen: Jedes Mal, wenn ich eins dieser vermeintlichen Genussmittel aufgegeben habe, hatte ich nach einer kurzen Phase des Entzuges und der Umgewöhnung einen enormen Anstieg an Energie, Lebensfreude, innerem Frieden und Wohlbefinden. Diese vermeintlichen Genussmittel sind nur für einen ein Genuss: Für die Konzernbosse, die das Zeug herstellen. Denn die können genussvoll Milliarden einstreichen und brauchen sich um ihre Umsätze keine Sorgen zu machen, weil diese so genannten Genussmittel allesamt abhängig machen. Und ihre Konsumenten sind treue Kunden – ein krisensicheres Geschäft. In meinem Leben hat der Genuss erst richtig angefangen, als ich mit all den Genussmitteln Schluss gemacht habe."

„Langsam machst du mir ein bisschen Angst. Lass mich mal sehen..." Er schaute suchend um Max' Kopf herum.

„Was suchst du diesmal?"

„Deinen Heiligenschein!", sagte Ben und lachte. „Ich meine, wie kann man es als normaler Mensch schaffen, auf all diese Dinge zu verzichten?"

„Aber das ist es ja gerade: Es ist überhaupt kein Verzicht! So kommt es dir nur vor. Ganz im Gegenteil: Es ist eine Befreiung!"

Hier machte er eine Pause und sah Ben eindringlich an. Dann setzte er wieder an:

„Das ist wirklich ein wichtiger Punkt, Ben: Wir reden hier nicht von Verzicht! Wir reden von einer Befreiung!"

Wieder ließ er das Gesagte kurz sacken, dann fuhr er fort:

„Wenn du erst mal eine Weile lang ausprobiert hast, ohne dein Genuss- und Suchtmittel zu leben, dann merkst du erst, was du alles gewinnst! Ich kann dir nur den Rat geben es auszuprobieren. Und du wirst merken, wie gut es dir tut!"

Ben ächzte.

„Also", sagte Max, „welche dieser Abhängigkeiten könnten bei dir ein Problem sein?"

„Tja... Auf jeden Fall dann wohl Alkohol, von mir aus auch Koffein, und vielleicht sind ja mein Süßigkeitenkonsum und meine Serienglotzerei auch schon Abhängigkeiten."

„Vielleicht. Vielleicht nicht. Das wirst du herausfinden. Zumindest sind es ganz bestimmt schlechte Angewohnheiten. Erst mal ist es wichtig, es aufzuschreiben."

Ben schrieb.

„So. Die Säule Gesundheit haben wir geschafft. Dann weiter mit der Säule soziale Beziehungen."

Ben stöhnte.

„Was ist los?", fragte Max.

„Das ist alles so viel! Wir haben jetzt schon für die Gesundheit so lange gebraucht! Geht das jetzt so weiter?"

„Keine Sorge! Die wichtigsten Sachen haben wir schon. Ab jetzt geht es schneller!"

„Gott sei Dank!"

„Aber weißt du was? Jetzt ist schon Mittag. Vielleicht legen wir eine Pause ein und machen erst mal Lunch."

„Oh ja! Die Idee gefällt mir."

*

Nach dem Lunch machten sie einen kleinen Spaziergang über das Ressortgelände und setzten sich dann wieder an ihren Platz in der Pool-Bar.

„So. Wir waren beim Punkt soziale Beziehungen", sagte Max. „Was fällt dir dazu ein?"

Ben überlegte.

„Puh... keine Ahnung..."

„Also, da haben wir: Freunde, Verwandte, Bekannte und Arbeitskollegen."

„Klar!", sagte Ben.

„Und bei all diesen Menschen solltest du dir überlegen: Tut diese Beziehung mir gut? Gibt es Probleme? Gibt es jemanden, über den ich Groll oder Wut empfinde? Dem ich vielleicht vergeben sollte? Jemanden, bei dem ich Schuldgefühle habe und vielleicht etwas gut machen sollte? Gibt es jemanden, der mir nicht gut tut und mit dem ich die Beziehung besser beenden sollte? Mach eine Liste von solchen Personen, und dann fängst du an, diese Beziehungen in Ordnung zu bringen, die wichtigsten zuerst.

Du hast mir von der Geschichte mit Dennis und deiner Verlobten erzählt. Anscheinend bist du noch voll Ärger. Die Sache scheint mir noch sehr unverarbeitet zu sein. Damit solltest du dich unbedingt beschäftigen!"

„Und wie?"

„Indem du ihnen verzeihst. Oder dich sogar mit ihnen versöhnst."

Ben schüttelte entschieden den Kopf.

„Wie auch immer. Auf jeden Fall könnte auch das ein Thema sein, das du mit einem Therapeuten besprechen solltest. Schreib es dir auf!"

Ben nickte und schrieb.

„Und wie steht es bei dir mit guten Freunden?"

„Tja, darüber haben wir ja schon geredet. Gute Freunde sind etwas, was mir tatsächlich sehr fehlt."

„Und da sehe ich im Moment eins deiner größten Probleme. Ganz egal, aus welchem Loch man herauskommen will, eine Sache gilt für alle Menschen gleichermaßen: Du schaffst es nicht alleine. *Niemand* schafft es alleine!"

Hier machte er eine Pause und sah Ben eindringlich in die Augen. Dann fuhr er fort:

„Du brauchst Menschen, die dich unterstützen! Ich meine: Freunde. Richtige Freunde. Nicht nur Arbeitskollegen, mit denen du einen Feierabendwein trinkst."

„Ich weiß schon...", erwiderte Ben.

„Daran solltest du dringend arbeiten. Finde Menschen, die dir sympathisch sind und baue Freundschaften auf! Besuche Selbsthilfegruppen! Man kann auch über soziale Netzwerke Gruppen finden, die zu den eigenen Hobbys und Interessen passen. Auf jeden Fall solltest du unbedingt aus deiner Isolation ausbrechen und unter Menschen kommen und vertrauensvolle Beziehungen aufbauen!"

„Du hast ja Recht, aber in meinem Leben ist dafür einfach kein Platz."

„Wie meinst du das?"

„Na, wenn ich nach einem stressigen Arbeitstag nach Hause komme, dann habe ich einfach keine Lust mehr auf Leute. Dann will ich nur noch zuhause meine Ruhe haben. Ich habe keine Zeit dafür. Ich arbeite einfach so viel."

„Dann arbeitest du zu viel! Dann geht es dir wie sehr vielen Menschen heutzutage: Dann ist dein Leben in einer erheblichen Schieflage. Das bringt uns zur Säule Beruf. Das Berufsleben ist zwar eine wichtige Säule, aber es gibt auch noch die Säulen Freizeit und soziale Beziehungen. Und wenn du die zugunsten des Berufs vernachlässigst, dann wird das ganze Gebäude instabil."

Ben nickte.

„Du bist doch Freiberufler, oder nicht?"

„Ja."

„Dann hast du doch einen recht guten Einfluss darauf, wie viel du arbeitest. Du kannst Aufträge ablehnen."

„Aber dann reicht das Geld nicht."

„Aber du bist doch ein gut ausgebildeter Fernsehjournalist. Du wirst doch ganz gut verdienen."

„Ja, aber ich habe auch Ausgaben."

„Was denn für Ausgaben?"

„Meine Wohnung ist nicht ganz billig. Ich gebe zu, sie ist einigermaßen luxuriös, aber darauf möchte ich nicht verzichten."

„Die Säule Finanzen also. Was noch?"

„Ich habe ein Leasing-Auto, das nicht ganz billig ist."

„Was für eins?"

„Einen BMW."

„Den du in der Stadt eigentlich gar nicht brauchst und mit dem du das Klima ruinierst."

„Ich weiß!", sagte Ben schuldbewusst.

„Kurz gesagt: Du gönnst dir eine Menge Luxus."

„Ja. Schließlich arbeite ich auch hart und möchte mich belohnen."

„Aber macht dich das alles glücklich?"

Ben überlegte und zuckte dann mit den Schultern: „Wie es aussieht, nein."

„Also arbeitest du hart, um einen Luxus zu finanzieren, der dich gar nicht glücklich macht, nur um am Ende krank zu werden."

„Verflixt..., ja, das stimmt wohl."

„Das heißt, die Säulen Beruf und Finanzen stehen bei dir auch mächtig schief. Du gibst zu viel Geld aus, was dich zwingt mehr zu arbeiten, als dir gut tut."

Ben nickte.

„Und das Geldverdienen und Geldausgeben bestimmt dein Leben und deine Seele viel mehr, als es gut für dich wäre. Weißt du, Wohlstand und Reichtum gelten in unserer Gesellschaft als erstrebenswert, und die Ärmeren beneiden die Reicheren. Aber ist es den Neid wirklich wert? Ich denke nein! Sicherlich lebt es sich bequem und glamourös, wenn man viel Geld hat. Trotzdem: Ich glaube, an dem alten Spruch, dass Geld allein nicht glücklich macht, ist eine Menge Wahres dran. Zwar muss der Reiche sich keine Sorgen darum machen, ob er morgen noch seine Miete bezahlen kann. Dennoch ist er nicht sorgenfrei, er hat ganz einfach nur *andere* Sorgen: Wer reich ist, hat oft Angst um seinen Besitz: Er könnte gestohlen werden, es könnte einen Börsencrash geben, der das Vermögen vernichtet, es könnte eine Wirtschaftskrise oder Inflation geben oder was auch immer. Solche Befürchtungen rauben manchem Reichen den Schlaf.

Und wenn es dann wirklich zum großen Crash kommt, und das ganze Geld weg ist... was bleibt dann noch? Wie steht es um seinen Säulenbau? Hat dieser Mensch noch andere Dinge im Leben, die ihm etwas bedeuten? Freundschaft? Liebe? Lebenssinn? Oder hatte er ein Leben so sehr um des Besitzes willen gelebt, dass ihm jetzt nur noch eine große Leere bleibt? In so einer Lage nehmen sich viele Ex-Reiche das Leben."

Ben nickte nachdenklich.

„Und selbst, wenn er nicht alles verliert: Wer reich ist, stellt sich vielleicht oft Fragen wie: Sind meine Freunde wahre Freunde? Oder haben sie es bloß auf mein Geld abgesehen? Liebt meine Frau mich oder mein Aktienportfolio?"

Ben musste lachen.

„Und schließlich ist es auch eine bekannte Tatsache, dass Wohlstand nie wirklich zufrieden macht. Denn es gibt immer jemanden, der noch mehr hat. Besitz stachelt die Gier an nach noch mehr Besitz, und diese Gier macht ruhelos und frustriert... Du siehst also: Wohlstand ist alles andere als eine Garantie fürs Glück."

Ben stimmte zu.

„Da fällt mir ein schöner Spruch ein – ich weiß nicht, woher er kommt, aber ich wette, es war ein griechischer Philosoph, der das sagte."

Hier lächelte Max augenzwinkernd und sagte dann: „Reich ist der, der weiß, dass er genug hat."

Ben ließ den Satz auf der Zunge zergehen.

„Wer ein Dach über dem Kopf hat, Trinkwasser aus dem Wasserhahn und genug zu essen, der hat schon mehr als Milliarden Menschen in der ganzen Welt, die in wirklich bitterer Armut dahin vegetieren. Und wenn er sich klarmacht, dass ansonsten Liebe, Freundschaft, Familie das Wichtigste im Leben ist, dann muss er sich über seine knappen Verhältnisse nicht allzu sehr grämen. Jedenfalls tut er das nicht, wenn er klug ist. Denn dafür ist das Leben viel zu schade."

Ben lauschte aufmerksam und sann darüber nach.

„Aber zurück zu dir", fuhr Max fort, „beim Punkt Finanzen stellt sich noch die Frage: Hast du Schulden? Wenn ja, dann solltest du eine Schuldenberatung aufsuchen und eine Lösung finden."

„Schulden habe ich zum Glück nicht."

„Gut! Trotzdem: Mach dir nochmal ganz intensiv Gedanken darüber, auf welche Art deine Finanzen deinem Glück im Weg stehen."

Ben nickte.

„Also, für mich liegt die Lösung auf der Hand", setzte Max wieder an.

„Ja?"

„Ja natürlich. Reduziere deine Ausgaben! Such dir eine kleinere Wohnung. Schaff dein Auto ab und fahr mit den Öffentlichen, mach Carsharing."

„Puh. So viele Sachen, auf die ich verzichten soll! Aber mir ist mein guter Lebensstil schon wichtig."

„Warum?"

Ben überlegte. Dann sagte er: „Weil ich das Gefühl brauche, erfolgreich zu sein, dass ich etwas im Leben erreicht habe. Dass ich attraktiv für Frauen bin."

„Und bist du denn erfolgreich?"

„Ich verdiene ganz gut."

„Aber ich meine dein Leben. Führst du ein erfolgreiches Leben? Überleg doch mal selbst. Du bist depressiv, einsam, unglücklich. Ist das Erfolg?"

„Uff... nicht wirklich, schätze ich."

„Und bist du für Frauen attraktiv? Hast du ein glückliches Liebesleben?"

„Kann man wohl auch nicht gerade sagen."

„Also was soll dann die ganze Veranstaltung?"

„Ich weiß nicht..."

„Ich habe dazu eine Theorie: Ich glaube, dieses Leben ermöglicht dir, vor deinen eigentlichen emotionalen Problemen wegzulaufen, weil es dich so beschäftigt hält, dass du dich damit nicht befassen musst."

„Hmm...", machte Ben, „das kann schon sein...",

„Du hast dir deinen eigenen Knast gebaut. Aber es gibt einen Ausweg. Reduziere deine Ausgaben, arbeite weniger und schaffe Platz in deinem Leben, um aufzuräumen und deine Säulen zu reparieren. Und ich sage dir was: Am Ende hast du vielleicht keine schicke Wohnung und kein schickes Auto, aber dafür hast du etwas viel besseres: Ein gutes Lebensgefühl und eine positive, entspannte Ausstrahlung. Betrachte es nicht als einen Verzicht. Betrachte es als eine Befreiung! Und ich garantiere dir: Das macht dich bei den Frauen wesentlich attraktiver als ein Kraftfahrzeug. Jedenfalls bei der Sorte Frauen, die es wirklich wert sind. Und noch etwas: Wer erst einmal so eine Ausstrahlung hat, dem fliegt Vieles zu. Und wer weiß? Vielleicht winkt irgendwann ein besserer Job, bei dem du noch besser verdienst, ohne dich dafür krumm machen zu müssen?"

Ben überlegte und nickte schließlich. Er konnte nicht leugnen, dass alles, was Max sagte, vollkommen zutraf. Aber er fühlte sich seltsam dabei. Immerhin ging es hier darum, sein komplettes Leben auf den Kopf zu stellen.

„Wir haben noch die Säule Freizeit. Freizeit ist dazu da, Dinge zu tun, die uns Freude machen, oder die uns oder anderen gut tun, und wir sollten diese Zeit nutzen, um uns zu regenerieren und wieder zu Kräften zu kommen. Hast du Hobbys, die dir Freude machen? Mit denen du dich ausdrücken kannst? Mit denen du unter Leute kommst?“

„Naja, darüber haben wir ja schon gesprochen beim Thema geistige Gesundheit. Leider gibt es da nicht viel.“

„Dann frag dich: Was könnte dich interessieren? Womit könntest du anfangen? Was ist zum Beispiel mit dem Singen?“

„Ja... damit könnte ich wieder anfangen.“

„Sehr gut! Such dir einen Chor. Nimm Gesangsstunden. Oder geh zu Karaoke-Partys. Außerdem hatten wir schon festgestellt, dass du zu wenig Bewegung hast. Warum nicht zwei Fliegen mit einer Klappe schlagen und eine Sportart finden, die du zum Hobby machst?“

„Macht Sinn. Ich hatte schon öfter darüber nachgedacht, mich im Sportstudio anzumelden.“

„Gut! Oder du findest eine Sportart, die du mit anderen ausüben kannst. Dann kannst du gleich auch was für deine sozialen Beziehungen machen.“

„Stimmt. Hmm... ich habe früher Tennis gespielt. Das könnte ich wieder beginnen."

„Großartig! Schreib dir das alles auf!"

„Puh", stöhnte Ben. „Die Liste wird immer länger und länger."

Max lachte. „Das stimmt wohl. Wir haben es ja auch schon fast geschafft. Fehlt noch das Thema Liebe. Die ist natürlich nicht planbar. Aber du kannst dir Gedanken machen, ob eine Liebesbeziehung im Moment überhaupt in dein Leben passt. Oder ob du dich erst mal um deine anderen Baustellen kümmern willst. Und falls du soweit bist: Was kannst du dafür tun, jemanden zu treffen?"

Ben nickte.

„Und dann haben wir ja noch den leidigen Punkt mit dem Sinn."

„Genau!", lachte Max. „Und da kann ich dir nur einen Rat geben: Solange dir der Sinn deines Lebens nicht klar ist, solltest du die Frage immer in deinem Hinterkopf behalten und dir immer wieder mal Zeit nehmen, um darüber nachzudenken. Denn nichts macht einen Menschen zufriedener als zu wissen, *wofür* man die Dinge tut, die man tut. Und zu wissen, dass man etwas Sinnvolles tut.

Ein guter Anfang ist es, wenn man sich im Alltag überlegt, was man tun kann, um anderen Menschen zu helfen. Jeder Tag bietet viele Gelegenheiten, in denen man anderen etwas Gutes tun kann. Und das macht glücklich! Man kommt aus dem eigenen Kopf und den eigenen Grübeleien heraus, vergisst seine Sorgen und schlägt zwei Fliegen mit einer Klappe:

Man macht einem anderen eine Freude und verschafft sich selbst einen kleinen Glücksmoment. Denn das ist erwiesen, dass das Dasein für andere auch einen selbst zufrieden macht. Und vielleicht findest du ja im Laufe der Zeit etwas, das für dich zum Lebenssinn wird – so wie es mein Lebenssinn ist, anderen Alkoholikern zu helfen, trocken zu werden. Vielleicht wirst du Tierschützer? Oder setzt dich für Obdachlose ein, für Klimaschutz, für Jugendliche auf der Straße... Oder das Singen und die Musik wird für dich zum wichtigen Lebensinhalt – was immer es ist: Es wird dich erfüllen und zufrieden machen."

Ben nickte und machte sich eine Notiz.

Max strahlte und sagte dann:

„Herzlichen Glückwunsch! Wir haben es geschafft!"

„Puh!", machte Ben, „aber... ehrlich gesagt bin ich mir nicht sicher, ob ich mich darüber freue... im Gegenteil... ich bin am Ende! Wirklich. Das Ganze ist nichts als ein Offenbarungseid. Ich meine, ich hatte keine Ahnung, wie viele Baustellen es in meinem Leben gibt. Und auf keiner von ihnen ist in den letzten Jahren auch nur ansatzweise gearbeitet worden. Bei den meisten wusste ich noch nicht einmal, dass es sie gibt. Ganz ehrlich? Mein Leben ist eine einzige Katastrophe."

„Und nun stell dir mal vor, wie ich mich damals gefühlt habe. Nach sieben Jahren Leben als obdachloser Säufer! Die gute Nachricht ist: Du musst nicht alles auf einmal schaffen. Sondern schön nach und nach. Wir haben jetzt die Probleme sondiert, und nun können wir uns daran machen, die Lösung zu planen!"

„Hmm...", machte Ben.

„Ich schlage vor, wir setzen uns nach dem Dinner wieder zusammen, und dann entwickeln wir einen Plan, okay?"

„Einen Plan?"

„Genau. Deinen persönlichen Plan zum Glücklichwerden!"

„Das klingt aber sehr deutsch. Kann man Glück denn planen?"

„Das Glück selbst kann man natürlich nicht planen. Aber man kann einen Plan machen, sein Leben in Ordnung zu bringen. Veränderungen zu beginnen. Kann sein, dass das auch ohne Plan geht. Aber mit Plan ist es wesentlich leichter."

„Okay..."

*

Sie beendeten ihr Dinner und trafen sich kurz darauf in Bens Suite, um sich auf seiner Terrasse an den Tisch zu setzen. Die Sonne war gerade dabei, orangerot ins Meer einzutauchen.

„Gut, dann zeig doch mal, was du geschrieben hast", sagte Max.

Die beiden sahen sich seine Aufzeichnungen an.

Ben stöhnte verzweifelt.

„Das ist schon mal ein sehr guter Anfang!"

„Max, ganz im Ernst: Wie soll ich all das jemals in den Griff kriegen? Das ist unmöglich!"

„Und genau deswegen machen wir ja jetzt auch einen Plan! Es ist ja völlig klar, dass du das alles nicht auf einmal schaffst. Das hier ist eine Aufgabe für Jahre. Diese Liste soll dir ja nicht noch mehr Stress bereiten und dich noch mehr verzagen lassen. Im Gegenteil: Die Liste dient dazu, einen Überblick zu gewinnen. Und dann nimmst du dir immer nur so viel vor, wie du auch realistischerweise schaffen kannst."

Ben nickte.

„Du musst das Ganze strukturieren, Prioritäten setzen und eine Reihenfolge festlegen. Du fängst mit den wichtigsten Punkten an und arbeitest dich dann im Laufe der Zeit vorwärts. Immer schön eins nach dem anderen."

„Na toll. Also kann ich erst mal jahrelang eine monströse To-Do-Liste abarbeiten und dann hoffen, dass ich eines Tages in der fernen Zukunft glücklich bin?"

„Nein!", lachte Max. „Vertrau mir! Du wirst dich schon sehr, sehr bald viel besser fühlen. Jedes Mal, wenn du eins deiner Probleme in den Griff bekommen hast, wirst du ein riesiges Erfolgserlebnis haben und einen Glücksmoment erleben. So war es jedenfalls bei mir. Und so wirst du im Laufe der Zeit immer mehr wachsen, immer mehr Freude und Zuversicht erleben, alles wird dir Stück für Stück leichter fallen.

Es stimmt schon, es ist ein langer Weg, aber ein Weg, der dich immer wieder aufs Neue belohnt und dir immer mehr Freiheit, Selbstbewusstsein und Lebensfreude bringen wird."

Normalerweise hätte Ben das als das Gerede eines verschrobenen Wanderpredigers abgetan. Aber Max sagte das mit solcher Überzeugung, und aus seinen Augen leuchtete soviel Lebensfreude, Energie und Zuversicht, dass Ben nicht anders konnte, als ihm jedes Wort zu glauben.

„Aber wo fange ich bloß an?"

„Das Wichtigste zuerst! Lass uns doch einfach mal gemeinsam überlegen: Was hat deiner Meinung nach die größte Priorität?"

„Gute Frage. Ich weiß nicht so recht."

„Also, wenn du mich fragst: Als erstes würde ich mir an deiner Stelle professionelle Hilfe suchen. Sobald du zurück in Berlin bist, solltest du zu deinem Hausarzt gehen und dein Problem schildern – also, die depressiven Verstimmungen. Mit seiner Hilfe suchst du dir dann einen Psychotherapeuten. Damit machst du einen ersten bedeutenden Schritt."

Ben nickte.

„Und was würdest du selbst sagen? Was hat noch Priorität?"

„Naja, wir haben ja darüber geredet, dass ich vermutlich zu viel arbeite und deswegen zu wenig Zeit für irgendetwas anderes habe."

„Stimmt. Und den Grund dafür haben wir auch schon identifiziert: dass deine Wohnung und dein Auto zu hohe Kosten verursachen."

„Genau!"

„Also solltest du da den Hebel ansetzen."

„Tja, es würde mir zwar schwer fallen, aber du hast natürlich Recht. Der Leasingvertrag für das Auto läuft noch ein halbes Jahr. Danach könnte ich ein kleineres nehmen."

„Oder vielleicht ganz auf ein Auto verzichten. Immerhin lebst du in Berlin. Brauchst du da wirklich ein Auto?"

„Ehrlich gesagt, nicht wirklich."

„Du hast ja noch ein halbes Jahr Zeit. Genug, um dir zu überlegen, wie du deinen Alltag umgestalten kannst, ohne Auto zu leben."

„Ich werde darüber nachdenken."

„Da hast du auf jeden Fall einen großen Schritt, der nicht allzu kompliziert ist!"

„Und dann werde ich mich nach einer kleineren, günstigeren Wohnung umsehen."

„Sehr gut!"

„Tja, und ich schätze, dass ich wohl tatsächlich das Thema Alkohol in Angriff nehmen sollte. Das Trinken kostet mich unterm Strich zu viel Energie."

„Finde ich gut, dass du so selbstkritisch bist. Und hast du schon eine Idee für eine Lösung?"

„Nicht konkret. Was würdest du mir als Experte empfehlen?"

„Ich würde dir raten, probeweise eine Zeit lang ohne Alkohol zu leben und zu sehen, wie es dir damit geht."

„Was heißt eine Zeit lang?"

„Ich würde sagen, ein Jahr."

„Ein Jahr?!"

„Fällt dir diese Vorstellung schwer?"

„Allerdings!“

„Tja, dann ist tatsächlich die Frage, ob du nicht doch schon eine Abhängigkeit entwickelt hast. In dem Fall würde ich dir raten, mit deinem Therapeuten darüber zu reden – sobald du einen hast. Außerdem kannst du eine Alkohol- oder Suchtberatungsstelle aufsuchen. Diese Stellen gibt es überall. Die findest du über Google. Da kriegst du eine kostenlose Beratung und alle Informationen und Hilfsangebote, die du brauchst.“

„Ja, vielleicht ist das eine gute Idee.“

„Dort kriegst du auch Informationen über Selbsthilfegruppen. Und ich würde dir raten, dir unbedingt eine zu suchen. Probier ruhig mehrere aus, bis du eine findest, wo dir die Leute gefallen und wo du dich wohl fühlst. Immerhin kannst du dabei gleich auch an deinen sozialen Beziehungen arbeiten. Zwei Probleme in einem Aufwasch!“

„Ja. Das mache ich!“

Max nickte und strahlte Ben ins Gesicht.

„Ich schätze, mit diesen Punkten bist du erst mal reichlich beschäftigt.“

„Puh!“, macht Ben. „Das schätze ich auch!“

„Und weißt du was? Schreib dir doch diese Punkte mit auf die nächste Seite in deinem Notizbuch. Dann hast du sie schön übersichtlich beisammen. Sie halten dich auf der Spur. Wie ein Wegweiser.“

Ben nickte.

„Und die ganzen anderen Punkte, die du dir heute aufgeschrieben hast, um die kümmerst du dich erst dann, wenn die Zeit dafür reif ist. Du hast sie in deinem Notizbuch stehen – also werden sie nicht in Vergessenheit geraten - und deswegen kannst du sie jetzt erstmal loslassen. Du brauchst dich mit ihnen in nächster Zeit nicht mehr zu beschäftigen. Dadurch müssen sie dich auch nicht mehr belasten. Und wenn du irgendwann an den Punkt kommst, wo du denkst: jetzt hast du schon eine Menge erreicht, und jetzt könntest du dir einen neuen Punkt vorknöpfen, dann schlägst du diese Seiten auf und suchst dir einen oder mehrere Punkte aus, die dir dann wichtig erscheinen und nimmst sie in Angriff. Immer schön eins nach dem anderen!"

Ben nickte.

„Lass die Zeit für dich arbeiten. Nimm dir immer nur so viel vor, wie du realistischerweise schaffen kannst, und dann nimm dir dafür soviel Zeit, wie du brauchst. Die meisten Menschen überschätzen, was sie an einem Tag schaffen können. Aber sie unterschätzen, was sie in einem Jahr schaffen können."

Sie schwiegen eine Zeit lang, dann fragte Max:

„Und? Kommt es dir immer noch unmöglich vor, Ordnung in dein Leben zu bringen?"

„Nein", sagte Ben. So wie du es sagst, klingt es wirklich so, dass ich es schaffen kann. Aber trotzdem..."

„Trotzdem *was*?"

„Mir fehlt immer noch etwas. Ich weiß einfach nicht, wie ich es konkret anstellen soll. Zum Beispiel, wie ich das hinkriegen soll, ohne Alkohol zu leben. Ich meine im Alltag."

„Du hast es ja noch nie probiert, oder?"

„Nein. Aber was ich schon probiert habe, ist, meine

Ernährung in den Griff zu kriegen. Das ist ein Problem, mit dem ich jahrelang gekämpft habe. Ich meine, ich habe mich damit wirklich sehr viel beschäftigt. Ratgeber gelesen. Recherchiert. Diäten ausprobiert und so weiter. Ich weiß darüber inzwischen eine ganze Menge. In der *Theorie* ist mir völlig klar, was schief läuft. Das Problem ist aber, es auch *umzusetzen*. Da liegt ja die eigentliche Schwierigkeit! Und das habe ich eben in all den Jahren nicht geschafft. Verstehst du, was ich meine? Theorie und Praxis sind zwei ganz unterschiedliche Paar Schuhe. Was ich theoretisch tun müsste, weiß ich längst. Aber wie ich es tatsächlich auch in die Praxis umsetze... da stehe ich völlig auf dem Schlauch! Der innere Schweinehund steht mir im Weg."

„Das wundert mich nicht", sagte Max. „Das ist der Kern und das Eingemachte, mit dem sich auch jeder Süchtige herumschlagen muss. Aber zum Glück gibt es ein ganzes Arsenal an Tipps und Tricks, wie man mit diesem Problem fertig wird."

„Na, dann sag endlich: Was für Tricks sind das?"

Max begann wieder zu schmunzeln. Es war wieder dieses ganz bestimmte schalkhafte Grinsen, dass Ben gut von Max kannte und das er heute schon mal gesehen hatte.

„Das verrate ich dir gerne. Aber nicht einfach so."

„Oh nein...", stöhnte Ben. „Lass mich raten: Ein Tauschgeschäft?"

Max nickte.

„Also, schieß los. Was willst du diesmal?"

„Kannst du es dir nicht denken?"

Ben überlegte. Aber ihm fiel nichts ein. Er zuckte mit den Schultern.

„Ich sage nur: Der Berg ruft!“, schmunzelte Max.

„Ach ja, da war ja was!“, ächzte Ben. Das war es also, was Max im Hinterkopf gehabt hatte. Deswegen hatte er vorhin so gegrinst.

„Du alter Gauner!“, maulte Ben. „Das ist Erpressung!“

*

Am nächsten Tag fuhren die beiden nach Rethymnon, um sich mit der nötigen Ausrüstung für ihr Bergabenteuer auszustatten. Vor allem brauchten sie anständige Wanderschuhe. Außerdem wollten sie bei dieser Gelegenheit die Schönheiten und antiken Sehenswürdigkeiten der über 6000 Jahre alten Stadt erkunden.

Sie parkten am Hafen, sahen sich dort zwischen den Yachten und Ausflugsbooten um und flanierten dann die Strandpromenade entlang. Rethymnon war deutlich kleiner als Heráklion – und beschaulicher. Zwar trug der allgegenwärtige Massentourismus auch hier nicht gerade zur Schönheit des Stadtbildes bei – überall gab es Hotelkästen, Souvenirshops und Touristenfallen – doch dank all der vielen alten und teils antiken Fassaden hatte dieser Ort eine malerische, pittoreske Atmosphäre. Sie besichtigten zunächst den mittelalterlichen venezianischen Hafen und spazierten dann durch die Altstadt mit ihren schmalen Gassen voller Lädchen mit allen erdenklichen Touristenwaren, von Kleidung über kretanische Spezialitäten und Kunsthandwerk bis hin zu Souvenirplunder aller Art.

Ben fiel auf, dass in jedem zweiten oder dritten Geschäft irgendwelches Zeug in Phallus-Form angeboten wurde: Phallus-Bieröffner, Phallus-Salatbesteck, Phallus-Postkarten oder einfach ziemlich hässliche Figuren aus Holz oder Stein mit übergroßen Erektionen.

„Sag mal", fragte Ben, „kann das sein, dass wir hier im Schwulenviertel von Kreta gelandet sind?"

„Wieso das?", fragte Max.

„Na wegen dieser ganzen Penisse überall. Was ist das?"

„Ach so, das. Ja das ist ein bisschen gewöhnungsbedürftig. Das geht zurück auf den Phalluskult im antiken Griechenland. Der Phallus galt als Symbol von Kraft und Fruchtbarkeit und wurde verehrt – vor allem in Gestalt des Gottes Dionysos, dem Gott der Fruchtbarkeit, des Rausches und des Feierns."

„Okay, der ist mir schon mal sympathisch", lachte Ben.

„Das kann ich mir denken…", grinste Max.

Ben wurde bewusst, dass solche Sprüche bei Max vielleicht doch etwas unangebracht waren und er entschuldigte sich sofort für seinen schlechten Scherz.

„Schon in Ordnung, Ben. Du musst mich nicht mit Samthandschuhen anfassen. Übrigens hatte Dionysos mit der Liebesgöttin Aphrodite eine Affäre, und sie bekam von ihm einen Sohn mit einem ebenfalls mächtigen Geschlechtsteil – Priapos."

„Die lassen aber auch nichts anbrennen, diese griechischen Götter", lachte Ben.

„Auch Priapos galt als Fruchtbarkeitsgott und wurde kultisch verehrt."

„Soso. Interessant. Ich glaube, ich werde mir trotzdem keinen Penisflaschenöffner kaufen."

Lachend flanierten die beiden weiter.

Bald fanden sie ein Sportgeschäft, ließen sich Wanderschuhe zeigen, probierten einige Exemplare an, und als sie sich entschieden hatten, fragte Max den Verkäufer nach Wanderstöcken. Sie wurden zu einem Ständer geführt, an dem einige dieser Dinger angeboten wurden. Max schaute sich um, während Ben sich zurückhielt.

„Du solltest auch welche nehmen", sagte Max.

„Nein, danke!", sagte Ben.

„Warum nicht?"

„Ist nicht so mein Fall." Wenn er diese Dinger sah, dachte er an die übergewichtigen älteren Frauen, die im Park in seiner Nachbarschaft regelmäßig Nordic Walking betrieben – oder was sie darunter verstanden. Keine zehn Pferde würden ihn dazu bringen, so herumzulaufen.

Stattdessen kaufte er noch eine wetterfeste Jacke, denn oben auf dem Berg würde es kalt und windig sein. Außerdem erstanden sie noch weitere Artikel, unter anderem eine Baseballmütze, eine Trinkflasche und Sunblocker.

Nachdem sie bezahlt hatten, kauften sie noch in einem Lebensmittelgeschäft Proviant und ließen sich dann zum Lunch in einer Taverne am Hafen nieder. Während sie auf ihr Essen warteten, besprachen sie den Plan für ihre Bergbesteigung.

„Laut Internet müssen wir damit rechnen, dass die Wanderung 10 bis 12 Stunden dauert. Wir sollten also möglichst früh starten. Am besten direkt bei Sonnenaufgang."

„Oje", sagte Ben. „Ernsthaft?"

„Natürlich. Wir wollen ja wieder unten sein, bevor es dunkel wird. Sonst kommen wir in echte Schwierigkeiten."

Ben ächzte.

Max faltete eine Landkarte auf und legte sie auf den Tisch.

„Es gibt mehrere Wanderwege zum Gipfel. Dieser ist der einfachste." Max fuhr mit seinem Zeigefinger einer kurvigen Linie auf der Karte entlang. „Die anderen Wege sind landschaftlich reizvoller, erfordern aber sehr viel mehr Ausdauer und werden nur für erfahrene Wanderer empfohlen."

„Dann bin ich für den einfachen."

„Da sind wir einer Meinung. Die Tour startet in der Nähe der Idäischen Grotte", sagte Max und fügte mit einem Schmunzeln hinzu: „In dieser Grotte soll Göttervater Zeus geboren worden sein."

„Wie? Moment mal. Ich dachte, das wäre die Grotte in Psychro, wo wir letztens waren."

„Tja", lachte Max, „mit Zeus lässt sich anscheinend eine Menge Geld verdienen. Deswegen beansprucht jeder Ort mit einer Höhle in dieser Gegend, dass seine Höhle die echte Zeus-Grotte ist."

„Verstehe!", lachte Ben.

„Für eine weitere Höhlenbesichtigung haben wir keine Zeit. Deswegen parken wir da nur und starten von dort unsere Wanderung."

„Und dann sind wir zehn bis zwölf Stunden auf den Beinen?"

„Ja!"

„Meine Güte, da haben wir uns ja was vorgenommen..."

„Glaub mir, es lohnt sich. Der Ausblick vom Gipfel muss phänomenal sein. Was meinst du, was das für ein Gefühl sein wird, wenn wir es geschafft haben und auf die Welt unter uns hinunter sehen? Aus einer Höhe von fast 2.500 Metern! Und wir dürfen nicht vergessen, die berühmte Glocke zu läuten, die da oben hängt. Das gehört zum Ritual und soll angeblich Glück bringen!"

„Wenn wir es überhaupt so weit schaffen...", stöhnte Ben.

*

Als Ben und Max am nächsten Morgen in den Wagen stiegen, war es noch stockfinster. Max war gut gelaunt und voller Energie, während bei Ben davon keine Rede sein konnte. Er war erst spät eingeschlafen und um fünf Uhr früh aufgestanden, hatte kaum Schlaf gehabt und fühlte sich erschlagen. Und nun sollte er einen Berg besteigen?

Sie fuhren die Küstenstraße entlang. Ben lehnte seinen Kopf gegen die Seitenscheibe und nickte immer wieder ein, wurde aber wegen der rumpeligen Straßen immer wieder aufs Neue geweckt. Allmählich nahm der Himmel über dem Meer eine rötliche Farbe an, und mit einem Mal sagte Max in geheimnisvollem Tonfall:

„Und da erhebt sich Eos, die Rosenfingrige, aus dem Bett ihres Gatten Tithonos, besteigt ihr Viergespann, schwebt in schönen Farben aus dem Okeanos, und verkündet den Aufgang des Helios."

„Bitte was?", fragte Ben verwirrt. „Wieso weckst du mich?"

Max grinste.

„Ist alles okay bei dir?", wollte Ben wissen. „Siehst du irgendwelche seltsamen Sachen? Hörst du Stimmen?"

„Nein!", lachte Max. „Das war bloß ein Zitat von Homer. Ich dachte, ein bisschen Poesie könnte mal ganz gut tun."

„Ich fürchte, ich kann dir nicht ganz folgen..."

„Eos, das ist die Göttin der Morgenröte. Man kennt sie besser unter ihrem römischen Namen Aurora. Okeanos ist natürlich der Gott des Meeres. Und Helios, das ist der Sonnengott. Ist das nicht hübsch, wie die alten Griechen die Welt mit ihrer Poesie ein bisschen bunter gemacht haben?"

„Ja, sehr hübsch!", maulte Ben und schloss gleich wieder die Augen.

„Ben, Ben, Ben!", lachte Max. „Du bist ein kleiner Banause."

„Ja. Und gute Nacht auch..."

Es war kurz nach sieben, als sie den Wanderparkplatz unweit der Idäischen Grotte erreichten. Sie stiegen aus und legten ihre Rucksäcke an. Wie Max vorhergesagt hatte, war es frisch, und Ben zog den Reißverschluss seiner neuen Jacke zu. Max holte seine Wanderstöcke aus dem Kofferraum und grinste:

„Um die wirst du mich noch beneiden!"

„Das werden wir sehen."

„Besonders gut gelaunt wirkst du nicht gerade!"

Ben brummte nur missmutig, was den Älteren zu einem mitleidigen Lachen veranlasste.

„Was ist los?"

„Na, sieh dir bitte mal diesen Berg an!" Er deutete auf das gewaltige Massiv, das vor ihnen lag. „Wie soll man das jemals schaffen?"

„Indem du dich immer nur auf deinen nächsten Schritt konzentrierst. Schiel nicht ständig nach dem Gipfel. Geh einfach einen Schritt nach dem anderen."

„Hmm...", sagte Ben. „Das kommt mir irgendwie bekannt vor."

„Du hast Recht!", lachte Max. „Daran habe ich noch gar nicht gedacht. Wie symbolisch!"

„Und wenn ich es nicht schaffe? Ist das dann ein Symbol dafür, dass ich mein Leben vermasselt habe?"

„Natürlich nicht!", lachte Max. „Sei nicht abergläubisch!"

Dann blickte er noch einmal hinauf zum Gipfel. Sein Gesicht wurde ernst. Er schwieg eine Weile nachdenklich, bis er schließlich sagte:

„Ich kann es noch gar nicht richtig glauben, dass wir das jetzt tun... wie lange haben Anna und ich davon geträumt...!"

Ben war, als sähe er ein feuchtes Glitzern in den Augen seines Begleiters, und er legte kurz die Hand auf seine Schulter.

„Na komm!", sagte Max schließlich. „Auf geht's!"

Sie marschierten los und folgten einem schmalen steinigen Pfad, der zunächst zu einer kleinen urigen Kapelle führte und auf einen breiteren Weg stieß, auf dem auch Autos fahren konnten. Kurz darauf gelangten sie zu einer Kreuzung, an der ein Wegweiser die Richtung zum Gipfel anzeigte. Von hier aus folgten sie einem steinigen Wanderpfad. Der Weg war in Abständen mit zwei roten Punkten markiert.

Der erste Abschnitt der Wanderung begann vielversprechend. Von hier hatten sie einen großartigen Blick auf die malerische Nidha-Hochebene, eine mit Gras und Büschen bewachsene wilde Landschaft, umrahmt von den hier noch einigermaßen sanften Erhebungen des Ida-Gebirges. Die Bewegung an der frischen Luft, die Landschaft und das goldene Morgensonnenlicht bewirkten, dass Bens Lebensgeister zurückkehrten und er sich zunehmend frisch und energiegeladen fühlte.

Max hielt an – nicht etwa um auszuruhen, sondern um den Anblick – und die gute Bergluft – genussvoll in sich aufzusaugen. Schließlich sagte er:

„Die Wanderung wird ein paar Stunden dauern. Wir haben also viel Zeit, und ich habe ja noch ein Versprechen einzulösen."

„Ganz genau!", erwiderte Ben.

„Du hattest mich gefragt, wie du es konkret hinkriegen sollst, im Alltag ohne Alkohol zu leben. Und du hast gesagt, dass du Schwierigkeiten hattest, dich beim Thema Ernährung deine Vorsätze zu halten."

„Genau!"

„Du meintest, theoretisch wüsstest du schon eine ganze Menge, aber wenn es darum geht, das Ganze auch praktisch umzusetzen, dann stehst du auf dem Schlauch."

„Ja, richtig!"

„Okay. Ich kann dir sagen, wo das Problem liegt. Du hast dich mit all den Dingen zwar beschäftigt – aber nur mit dem *Kopf*. Und genau das ist der springende Punkt. Denn all diese Dinge: Gewohnheiten, Abhängigkeiten, Süchte – das sind alles Dinge, die ihre Wurzeln in den Emotionen haben. Das Verlangen nach Alkohol, Zigaretten oder meinetwegen Süßigkeiten ist ja in erster Linie ein *Gefühl*. Genau wie die Angst davor, keine Süßigkeiten mehr essen zu dürfen, keine mehr rauchen zu dürfen, nie wieder zu trinken. Ganz zu schweigen, dass wir oft zu Suchtmitteln greifen, um unangenehme Empfindungen zu betäuben."

Ben nickte.

„Um es auf den Punkt zu bringen: Du kriegst diese Probleme erst dann in den Griff, wenn du lernst, mit den *Emotionen* umzugehen, die damit verbunden sind."

„Ach so. Alles klar!", sagte Ben mit sarkastischem Unterton. „Dann ist es ja ganz leicht!"

„Nein, leicht ist es natürlich nicht. Aber es ist wesentlich weniger schwer, als es dir im Moment vorkommt."

„Na gut. Dann verrate mir bitte, wie es geht!"

„Okay. Da gibt es eine ganze Menge. Aber am Anfang steht ein wichtiger Punkt, den ich schon früher erwähnt habe: Vertrauen! Und schon sind wir auf der emotionalen Ebene. Als allererstes brauchst du das Vertrauen darauf, dass es dir schon bald viel besser gehen wird und dass ein schönes Leben auf dich wartet. Ein Leben in Freiheit und Leichtigkeit."

Ben runzelte die Stirn.

„Ich erkläre dir, wie ich das meine. Wenn du mit einem Suchtmittel oder auch einer schlechten Angewohnheit aufhörst, musst du erstmal durch eine Phase durchgehen, die schwierig ist, weil du immer wieder an diese Sache denkst und dich elend und frustriert fühlst, womöglich sogar Angst bekommst. Angst davor, dass du auf einen großen Genuss oder eine wichtige seelische Stütze verzichten musst. Angst davor, dass das Leben ohne dein Suchtmittel trist und grau ist und du es auf Dauer nicht aushalten kannst.

Und am allergrößten ist die Angst, dass dieses elende Gefühl, das du im Entzug hast, für den Rest deines Lebens nicht mehr aufhören wird. Diese Angst kennt jeder Abhängige, und sie ist eine starke Kraft, die die Sucht antreibt wie ein Motor. Sie ist ganz normal. Und sie ist tückisch, denn sie ist es meistens, die jeden Versuch aufzuhören, schon nach kurzer Zeit zum Scheitern bringt.

Und deshalb ist es wahnsinnig wichtig, dass du dir von Anfang an eins klar machst: Diese Phase geht vorbei! Nach dieser Phase wird es dir wesentlich besser gehen. Das Verlangen hört irgendwann auf, und auch die Angst hört auf. Und dann kommt der Tag, an dem du dich auf einmal frei fühlst. Nach einer Weile kannst du dir gar nicht mehr vorstellen, dass du jemals so abhängig warst. Und du spürst, dass du auf absolut nichts Nennenswertes verzichtest. Stattdessen hast du eine Menge gewonnen: Freiheit. Energie. Lebensfreude. Selbstachtung und so weiter... die Liste ist lang!"

„Das klingt zu schön, um wahr zu sein. Aber was, wenn es bei mir anders ist?"

„Es wird bei dir nicht anders sein. Du kannst jeden fragen, der eine Sucht überwunden hat, egal ob Drogen, Alkohol, Medikamente, Rauchen, Süßigkeiten oder was auch immer. Das ganze emotionale Elend ist nach einiger Zeit vorbei, und du bist frei!

Natürlich wird es immer wieder mal schwierige Situationen geben, kleine Krisen, so wie jeder Mensch sie im Leben eben erlebt. In solchen Situationen wirst du vielleicht wieder an dein Suchtmittel denken, und es wird sich vielleicht die Idee einschleichen, es doch noch mal damit zu versuchen. Aber du wirst lernen, mit solchen schwierigen Situationen anders umzugehen, und irgendwann hören auch diese Anwandlungen auf.

Immer, wenn dich das Verlangen oder die Angst packt, dann atme tief durch und konzentriere dich darauf, dass das bald vorbei ist. Kurz gesagt: Halte der

Angst das stärkste Mittel entgegen, die es gegen die Angst gibt: Vertrauen! Wenn du das hast, hast du auch die nötige Kraft.

Und das ist auch einer der Gründe, warum Selbsthilfegruppen so gut funktionieren: Die Gruppe gibt dir Vertrauen und Kraft, denn die Leute, die schon länger abstinent leben, verstärken deine Zuversicht, weil sie dir erzählen, wie viel besser ihr Leben ist ohne das Suchtmittel.

Kurz gesagt: Vertrauen ist ein mächtiger Verbündeter!“

Ben dachte darüber nach. Das klang alles sehr überzeugend. Trotzdem klang es ihm irgendwie... zu einfach. Ihm fehlte noch etwas. Etwas Konkreteres.

*

Die zwei gelangten an eine Stelle, wo der Weg abzweigte und in einen schmalen Canyon führte. Auch ging es dort steiler aufwärts. Sie hielten kurz an, verschnauften, tranken etwas Wasser und machten sich dann schweigend daran, aufzusteigen. Überall summten Hummeln und Bienen, Schmetterlinge flatterten durch die Luft, während auch hier die allgegenwärtigen Zikaden zirpten. Hier und dort sahen sie Ziegen Grasbüschel aus dem Boden rupfen, und immer wieder begegneten ihnen andere Wanderer.

Sie mussten sich auf jeden Schritt konzentrieren, um auf dem Geröll nicht auszurutschen. An Reden war bei diesem Aufstieg nicht zu denken. Da sie durch den Canyon wanderten, hatten sie auch keinen Blick mehr auf die Landschaft, sondern schauten nur auf Felsen, Büsche und sich auftürmende Bergwände.

Nachdem sie eine Stunde oder mehr gekraxelt waren, erreichten sie eine Anhöhe, von der sie endlich wieder einen Ausblick auf die Landschaft hatten. Es tat den Augen gut, mal etwas anderes zu sehen als Felsen und Geröll, und Ben brauchte eine Pause.

„Können wir uns mal ein bisschen setzen?“

„Wenn es gar nicht anders geht...“, sagte Max neckisch, und sie setzten sich auf einen größeren Felsen, tranken Wasser und wischten sich den Schweiß aus den Gesichtern.

„Erzähl weiter!“, sagte Ben. „Was hast du noch für Tipps?“

„Na, als nächstes brauchst du konkrete Strategien für die Momente, wenn dich das Verlangen packt.“

Aha!, dachte Ben. Jetzt wird es endlich konkret!

„Was wirst du tun“, fragte Max, „wenn du das Gefühl hast, du brauchst jetzt unbedingt ein Bier, eine Zigarette, eine Tafel Schokolade... was auch immer? Mein Therapeut sagte damals, man solle nicht gegen das Verlangen ankämpfen, weil man diesen Kampf immer verliert. Das Verlangen ist wie eine Welle. Wenn du versuchst, dagegen anzuschwimmen, hast du keine Chance. Die Welle wird dich überrollen und du bist verloren. Stattdessen soll man wie ein Surfer auf der Welle reiten. Dann kann sie dir nichts anhaben.“

„Das klingt toll, aber ich kann mir darunter immer noch nichts vorstellen. Was heißt das konkret?“

„Akzeptiere, dass das Verlangen im Moment da ist und vertraue darauf, dass es auch wieder aufhört. Lass es geschehen. Tatsächlich hält so eine Woge des Verlangens selten länger als eine halbe Stunde oder Stunde an. In der Zwischenzeit kannst du eine Menge tun, um dich abzulenken und dich auf etwas anderes zu konzentrieren. Zum Beispiel dich körperlich abreagieren. Joggen gehen. Oder, wenn ich mal Entspannung brauche, dann setze ich mir meinen Kopfhörer auf, höre Musik und mache dabei einen strammen Spaziergang. Das wirkt Wunder, glaub mir! Es gibt eine Menge Sachen, die helfen.

Sehr gut hilft auch Beschäftigung. Tu irgendetwas, das deinen Geist so in Beschlag nimmt, dass es das Verlangen ganz einfach aus dem Kopf verdrängt. Das kann buchstäblich alles Mögliche sein. In den Meetings habe ich schon die dollsten Sachen gehört. Ich habe zum Beispiel einen Mann kennen gelernt, 1,90 groß, kräftige Statur, Vollbart, der saß immer da und hat – gestrickt. Das war natürlich ein belustigender Anblick. Aber er hatte das Stricken für sich entdeckt als Mittel der Ablenkung und der Entspannung, und er schwor darauf. Jeder muss für sich seine eigenen kleinen Tricks finden. Stricken wird wohl nichts für dich sein, schätze ich..."

„Äh... nein."

Sie lachten.

„Mir zum Beispiel hilft Singen und Gitarre spielen sehr gut. Vielleicht malst oder zeichnest du gerne. Oder du bastelst Modellflugzeuge. Was auch immer. Es ist ja ohnehin wichtig, sich ein Hobby zu suchen, das Freude macht und einen erfüllt. Du weißt schon: Die Säule Freizeit!“

„Aber was ist, wenn es mir so richtig, richtig beschissen geht? Du weißt schon: Wenn man das Gefühl hat, den Boden unter den Füßen zu verlieren? Wenn alles um einen herum zusammenstürzt... Wenn man so am Ende ist, dass all diese guten Tipps nicht mehr helfen?“

„Dann ist es wichtig, dass du mit jemandem sprichst. Unter anderem deswegen brauchst du gute Freunde, die du anrufen kannst. Und mit denen du wirklich über deine wahren Probleme reden kannst.“

„Womit wir wieder beim Thema wären. Wie es bei mir mit guten Freunden aussieht, weißt du ja.“

„Auch das ist ein Grund, warum ich dir rate, in Selbsthilfegruppen zu gehen. Da kannst du Kontakte knüpfen, mit Leuten, die dasselbe Problem haben. Bei den Meetings der anonymen Alkoholiker liegen Telefonlisten von AA-Freunden aus, die jederzeit bereit sind, mit einem AA-Freund in Not zu reden und ihm zuzuhören. Vielleicht knüpfst du auch echte Freundschaften in den Gruppen. Und sobald du einen Therapeuten hast, kannst du auch mit dem sprechen. Wie auch immer: Reden und teilen wirkt Wunder!“

Sie schwiegen einen Moment lang, dann sagte Max: „Wir müssen weiter. Wir haben noch ein ganzes Stück vor uns.“

*

Sie tranken noch einen Schluck Wasser, erhoben sich und setzten ihre Wanderung fort. Nach einer Weile führte der Weg zunächst wieder abwärts. Das Gehen nach unten war ungewohnt und mühsam. Dann ging es wieder aufwärts, aber diesmal ein ganzes Stück steiler. Der Gipfel war nicht einmal in Sicht. Erste Schneeflächen tauchten auf. Ben musste keuchen, so steil ging es nach oben, und er wunderte sich, mit welcher Energie Max voranschritt. Ihm schien die Steigung nicht viel auszumachen.

„Woher nimmst du bloß die Kondition? Wahnsinn!", sagte Ben.

„Willst du meine Wanderstöcke haben?", fragte Max.

„Das ist nett, aber nein danke!", wehrte Ben ab. Zum einen wollte er nicht zugeben, dass er einen Fehler gemacht hatte, keine Wanderstöcke zu kaufen. Zum anderen hätte er es nicht mit seiner Selbstachtung vereinbaren können, einem alten Mann seine Wanderstöcke abzunehmen, weil er selbst schlapp machte.

Sie stapften weiter über Geröll und Schneeflächen. Der Schnee war teilweise matschig, weil die Temperatur hier wohl um den Gefrierpunkt schwankte, und an manchen Stellen so rutschig, dass sie nur mit besonderer Vorsicht voran kamen. Das hätte noch gefehlt, dass sich einer von ihnen hier oben ein Bein brach.

Nach einer Weile erreichten sie endlich einen Aussichtspunkt, von dem aus sie einen herrlichen Blick über die Landschaft hatten. Allerdings war der Gipfel noch in frustrierend weiter Ferne. Sie nahmen sich etwas Zeit, um zu verschnaufen, Wasser zu trinken und die Schönheit der Natur in sich aufzusaugen.

Nach etwa zehn Minuten schlug Max vor, weiterzugehen. Wieder ging der Weg ein Stückchen abwärts, um dann wieder steil nach oben zu führen. Das Staksen auf Schnee und Geröll wurde zunehmend mühsamer, und Ben begann sich ernsthaft zu fragen, ob sie die Besteigung nicht ganz einfach abbrechen sollten. Max stapfte kraftvoll weiter, während Ben immer wieder kurz innehalten musste.

Plötzlich spürte er, wie ein Stein, auf den er trat, zur Seite wegrollte, und sein rechter Fuß knickte so unglücklich um, dass ein stechender Schmerz sein Fußgelenk traf wie der Blitz. Ihm wurde kurz schwarz vor Augen, gleichzeitig hörte er sich selbst schrill aufschreien. Max, der ein ganzes Stückchen vor ihm gewandert war, drehte sich erschrocken um und eilte sofort zur Hilfe.

„Geht es?“, fragte er, als er Ben erreicht hatte.

„Ich weiß nicht“, sagte der Angesprochene und saugte zischend Luft durch die Zähne ein. Er versuchte mit dem Fuß aufzutreten, doch es war zu schmerzhaft.

„Komm, wir setzen uns erst mal. Vielleicht beruhigt es sich bald wieder.“

Ben nickte, und auf Max gestützt humpelte er zu einem Felsvorsprung, auf dem sie beide bequem sitzen konnten. Ben spürte, wie der erste heftige Schmerz allmählich nachließ.

„Was sollen wir jetzt machen?“, fragte er schließlich.

„Wir warten ab. Wenn es nach einer Weile nicht besser wird, müssen wir einen Notruf absetzen.“

So saßen sie eine Weile, bis Ben sagte:

„Danke nochmal für die guten Tipps, die du mir gegeben hast!“

„Sehr gerne. Das war ja unser Deal. Ich hätte auch noch mehr im Angebot.“

„Na, dann raus damit!“

„Okay. Ein ganz wichtiger Tipp dreht sich ums Durchhalten. Der Tipp stammt von den anonymen Alkoholikern, aber er lässt sich auch auf alle anderen denkbaren Lebensbereiche anwenden. Er wird es dir sehr viel leichter machen, es zu schaffen.“

„Und der wäre?“

„Nur für heute! Das ist eins der wichtigsten Prinzipien bei AA. Konzentriere dich immer nur auf die Aufgaben, die heute zu erledigen sind.“

„Okay... und was heißt das genau?“

„Das hat mal jemand in einem AA-Meeting sehr schön erklärt. Und zwar mit Kartoffeln.“

„Kartoffeln?!“

„Genau. Kartoffeln. Sag mir mal bitte: Wie sehen 60 Kilo Kartoffeln aus?“

„Keine Ahnung. Wie ein ziemlich großer Berg?“

„Genau! Und jetzt stell dir vor, jemand verlangt von dir, diesen ganzen Berg Kartoffeln aufzuessen. Du wirst vermutlich sagen: Was für eine bekloppte Aufforderung! Du ziehst gar nicht erst in Betracht, es auch nur zu versuchen. Eine unmögliche Aufgabe. Niemals zu schaffen!"

Ben nickte.

„Aber nun stell dir stattdessen vor, jemand fordert dich auf: Iss eine Handvoll Kartoffeln! Das kriegst du hin, oder?"

„Klar!"

„Okay. Der durchschnittliche Deutsche isst pro Jahr 60 Kilo Kartoffeln. Das ist auf den Tag gerechnet gerade mal eine Handvoll. Das heißt also umgekehrt: Wenn du jeden Tag nur eine Handvoll isst, dann hast du nach einem Jahr den ganzen Berg weggeputzt. Es gibt also keinen Grund, vor dem Berg Kartoffeln zurückzuschrecken. Der Trick ist: Nimm dir für jeden Tag immer nur soviel vor, wie du an einem Tag ohne große Probleme schaffen kannst. Dann nämlich ist es tatsächlich keine unlösbare Aufgabe. Im Gegenteil. Du musst der Sache nur die Zeit geben, die sie braucht. Und wie gesagt: Die meisten Menschen unterschätzen, was sie in einem Jahr schaffen können."

Ben lächelte.

„Wenn du als Alkoholiker daran denkst, dass du für den Rest deines Lebens nicht mehr trinken darfst, dann siehst du nur eine riesige, unlösbare Aufgabe vor dir. Also spar dir diesen Gedanken. Und denke stattdessen: Ich muss nur heute nicht trinken. Mehr nicht. Nur heute.

Und genau das ist der Schlüssel, mit dem du auch deinen ganzen anderen Aufgabenberg schaffen wirst: Denk immer nur an die Anstrengung, die heute nötig ist. Denk nie an den großen Kartoffelberg!“

Ben lachte: „Genau wie du unten auf dem Parkplatz gesagt hast: Immer nur auf den nächsten Schritt konzentrieren und nicht zum Gipfel schielen.“

„Genau“, lachte auch Max.

„Allerdings... vielleicht hätte ich mich doch ein bisschen mehr auf meine Schritte konzentrieren sollen...“ Dabei fasste er sich ans Fußgelenk.

„Wie geht es deinem Fuß denn?“

Ben bewegte ihn ein wenig hin und her. „Schon besser.“

„Versuch mal aufzutreten“, schlug Max vor.

Der Jüngere stand auf und wagte ein paar Schritte. Es ging wieder ziemlich gut.

„Du humpelst kaum!“, sagte Max.

„Gott sei Dank!“

„Also brauchen wir keinen Notarzt und können den Rückweg zu Fuß schaffen.“

Ben dachte nach. Normalerweise hätte er jetzt zugestimmt und den Heimweg angetreten. Aber dieser Gedanke gefiel ihm nicht. Alles, was Max ihm gesagt hatte, drehte sich darum, Verantwortung zu übernehmen, sein Leben in die Hand zu nehmen und aktiv zu werden – und nicht vor seinen Problemen davonzulaufen. Es kam ihm falsch vor, jetzt aufzugeben. Außerdem war es Max so wichtig, den Gipfel zu erreichen. Das wollte er ihm nicht zerstören.

„Nein“, sagte er. „Ich will das schaffen!“

Max schaute ihm eindringlich in die Augen, begann zu lächeln und sagte dann:

„So gefällst du mir!“

*

Die letzte Etappe der Besteigung wurde eine größere Herausforderung als gedacht. Bei jedem Schritt spürte Ben ein Ziehen in seinem Fußgelenk. Zwar war der Schmerz erträglich, trotzdem machte er die ohnehin schwierige Besteigung noch unangenehmer. Er hatte seinen Stolz an den Nagel gehängt und sich von Max die Wanderstöcke geben lassen, und die waren ihm jetzt immerhin eine große Hilfe.

Der Weg wurde immer schmaler, und der Abhang auf der rechten Seite immer steiler. Wer hier auf dem schmalen Trampelpfad über das Geröll rutschte, drohte hunderte Meter in die Tiefe zu rutschen. Es wäre kein dramatischer Sturz, aber man käme sicherlich nicht ohne eine Menge schmerzhafter Schürfwunden davon. Zur körperlichen Anstrengung kam nun noch die Furcht vor dem drohenden Unfall.

„Bist du sicher, dass du weiter willst?", fragte Max besorgt.

„Ja!", sagte Ben nachdrücklich, und so setzten sie ihre Wanderung fort. Nach einer endlos scheinenden Anstrengung erreichten sie einen Zwischengipfel. Bereits hier bot sich ihnen ein majestätisches Panorama. Sie hielten kurz inne, um durchzuatmen und zu trinken, und marschierten sogleich weiter, denn für den Endspurt wollten sie keine Zeit mehr verlieren.

Und so stapften sie bald weiter auf dem immer steiler werdenden schmalen Pfad. Ben keuchte und spürte sein Herz bedrohlich in der Brust hämmern, während ihm trotz der winterlichen Kälte der Schweiß in

Strömen über das Gesicht floss. Inzwischen hatte auch Max zu kämpfen. Auch er atmete schwer und wischte sich ein ums andere Mal über das Gesicht.

Gott sei Dank ist der auch nur ein Mensch, dachte Ben.

Schritt für Schritt kämpften sie sich aufwärts – und schließlich tauchte vor ihnen die Gipfelkuppe auf. Dort oben stand eine pittoreske steinerne Kapelle und die berüchtigte Glocke. Nur noch wenige Schritte – und sie standen am höchsten Punkt Kretas, dem Dach der Kinderstube von Göttervater Zeus.

Hier hatten sich bereits einige andere Wanderer versammelt, die sich umschauten, Selfies machten und aus Trinkflaschen tranken.

Ben und Max blickten sich um, sahen das Bergpanorama um sich her – und fielen sich schließlich erschöpft in die Arme. Nach kurzer Verschnaufpause schritten sie feierlich zu der berühmten Glocke. Sie hing in einer Art freistehendem Türrahmen auf dessen Sturz der Schriftzug „Timios Stavros“ angebracht war, der Name der steinernen Kapelle, griechisch für „Heiliges Kreuz“.

Max machte eine Geste, die Ben dazu auffordern sollte, als Erster zu läuten. Der ergriff das Seil der beachtlichen Glocke, deren Durchmesser gut und gerne schulterbreit war, machte eine bedeutungsvolle Pause und schwang dann das Seil. Ben war überrascht, was für einen mächtigen, durchdringenden Klang diese Glocke erzeugte. Er ließ sie einige Male erschallen und trat dann zurück, um das Seil an Max zu übergeben.

Nachdem auch der geläutet hatte, spazierten sie langsam auf dem Gipfel umher und genossen das Insel-Panorama. Sie hatten eine großartige Aussicht auf ganz Kreta, blickten auf die unter ihnen liegenden Gipfel des Ida-Massivs, auf die Ägäis im Norden, machten in der Ferne die Insel Santorin aus, schauten auf das Libysche Meer im Süden, entdeckten Gavdos, die südlichste Insel von Europa, und alles war dekoriert mit der Zuckerwatte einzelner Sommerwölkchen, die unter ihnen über Meer und Landschaft schwebten.

Max stand da und schaute. Nach einer Weile atmete er tief durch, nahm seinen Rucksack ab, holte eine kleine silbern glänzende Dose hervor und öffnete sie. Darin lag ein Stück Papier, auf das eine silberne Haarsträhne geklebt war. Max streichelte die Strähne eine Weile lang andächtig und zärtlich. Dann schloss er die Dose wieder, legte sie auf dem Boden ab und bedeckte sie mit einem Haufen Steine und Felsbrocken, so dass ein kleiner Hügel entstand. Als er das Werk vollendet hatte, stellte er sich davor auf und schwieg eine ganze Weile lang.

Schließlich flüsterte er:

„Ich wünschte, sie wäre hier."

Ben sah, dass ihm eine Träne aus dem Auge rollte. Er nahm seine Hand und sagte:

„Sie *ist* hier."

Daraufhin begann Max' ganzer Körper zu zucken, und er weinte, ganz leise. Ben nahm ihn in den Arm, und hielt ihn sehr lange fest.

Es fühlte sich gut an.

Ben versuchte sich zu erinnern, wann er sich das letzte Mal einem Menschen so nah gefühlt hatte, eine solche Verbindung gespürt hatte. Und er merkte, dass auch er feucht um die Augen wurde.

So verharrten sie, bis Max sich schließlich mit dem Ärmel die Tränen aus den Augen wischte.

„Entschuldige, manchmal werde ich ein bisschen sentimental."

„Kein Grund, dich zu entschuldigen!"

„Komm, wir setzen uns. Ich hab einen Mordshunger."

Und so suchten sie sich ein Rastplätzchen und fanden an einer der Wände der Kapelle einen Mauervorsprung, auf dem sie halbwegs bequem Platz nehmen konnten. Sie kramten ihre Lunchpakete aus den Rucksäcken hervor und verputzen ihr wohlverdientes Mittagessen mit großem Appetit.

*

Nachdem sie aufgegessen hatten, saßen sie noch eine ganze Weile lang schweigend da und schauten hinaus auf die unter ihnen liegende Insel.

Und dann fing Ben an zu sprechen.

„Ich war sieben Jahre alt. Es war ein schöner Sommertag, und ich kam gut gelaunt aus der Schule. Freute mich darauf, nach dem Mittagessen mit meinen Freunden draußen zu spielen. Wir bauten uns im Park immer kleine Landschaften und Städte aus

Lehm und spielten darin mit unseren Spielzeugautos."

Ben hielt inne und schaute vor sich hin. Er spürte, wie Max ihn aufmerksam von der Seite anschaute.

„Ich bog um die Ecke, und da sah ich, dass ein Rettungswagen mit Blaulicht vor unserem Haus stand."

Wieder hielt er inne. Während er gesprochen hatte, waren die Bilder von damals so deutlich vor seinem inneren Auge erschienen, als wäre es erst gestern passiert. Er fühlte eine wachsende Beklemmung in sich. Aber er gab sich innerlich einen Ruck und sprach weiter.

„Ich bekam einen fürchterlichen Schrecken, denn ich spürte ganz genau, dass meiner Mutter etwas passiert war."

Ben musste schlucken. Er merkte, wie Max neben ihm den Atem anhielt.

„Meine Eltern hatten sehr oft Streit. Oder... genauer gesagt war es eher so, dass mein Vater meine Mutter anschrie, während sie weinte. Ich verstand nie, worum es in diesen Szenen ging. Aber ich verstand sehr wohl, dass mein Vater meine Mutter aufs Schlimmste verängstigte und drangsalierte. Er war Choleriker, und wenn er außer sich war vor Wut und brüllte, war das so beängstigend, dass selbst gestandene Männer vor ihm Angst bekamen. Man rechnete immer damit, dass etwas Furchtbares passierte. Niemand wäre überrascht gewesen, wenn er meiner Mutter etwas angetan hätte, so schlimm war seine Wut."

Ben musste tief durchatmen. Seine Beklommenheit hatte sich noch weiter verschärft, und es war ihm, als spürte er seine Angst von damals aufs Neue.

„Im Grunde lebte ich in meiner ganzen Kindheit in Angst. Manchmal, in glücklichen Momenten, war mein Vater gut gelaunt und zu Scherzen aufgelegt. Und dann konnte er sogar ein liebevoller Papa sein. Ich kostete diese raren Augenblicke aus, wann immer sie kamen. Aber sie waren trügerisch. Man musste jederzeit damit rechnen, dass die Stimmung umschlug."

Ben stockte und musste tief durchatmen. Max legte ihm die Hand auf die Schulter.

„Tatsächlich hat er meiner Mutter nie ein Haar gekrümmt, sondern immer nur geschrien. Zumindest bis zu diesem Sommertag.... und dann stand da dieser Rettungswagen vor der Tür... Voll Panik lief ich los, doch als ich ankam, schlossen sie gerade die Hecktür des Wagens und fuhren los. Mein Vater stand in der Haustür und war kreidebleich. Er starrte mit versteinerter Miene hinter dem Wagen her. Dann sah ich, dass meine Tante auf der Straße angerannt kam. Sie stürzte auf mich zu und nahm mich in den Arm. Ich weiß noch, wie ich abwechselnd schluchzte und laut schrie."

Max hatte noch immer seine Hand auf Bens Schulter und drückte nun mehrmals mit einem wohltuenden Griff tröstend zu. Eine längere Pause entstand.

„Ich erfuhr später, dass meine Mutter einen Schlaganfall gehabt hatte. Sie war noch auf dem Weg in die Klinik gestorben."

Er schwieg für einen Moment.

„Mein Vater wurde daraufhin krank. Psychisch krank, wie ich später von meiner Tante erfuhr. Sie nahm mich sofort zu sich, und ich wuchs bei ihr auf. Meinen Vater hatte ich danach noch ein- oder zweimal kurz getroffen. Aber danach verschwand er ganz aus unserem Leben."

Ben atmete tief durch, und dann weinte er. Zum ersten mal seit vielen Jahren.

Er weinte ausgiebig, spürte geradezu ein Lustgefühl, diese Flut von Tränen laufen zu lassen, die er so lange festgehalten hatte. Max hatte den Arm um ihn gelegt und hielt ihn so fest er konnte.

Allmählich beruhigte Ben sich wieder. Nach einer langen Pause sagte Max:

„Also hat dein Vater deiner Mutter tatsächlich nie etwas angetan?"

„Doch. Das hat er. In der Seele. Meine Tante sagte damals, dass er sie mit seinen Wutanfällen seelisch so zugrunde gerichtet hatte, dass sie schließlich deswegen den Schlaganfall bekam. Für sie war klar, dass er schuld war an ihrem Tod."

„Und siehst du das auch so?"

„Ich habe mir die Frage nie gestellt. Ich hatte keinen Grund, an den Worten meiner Tante zu zweifeln."

„Also hat dir dein Vater deine Mutter weggenommen."

„Ja, so kann man das wohl sagen..."

Max schwieg nachdenklich. Schließlich sagte er:

„Und dann, viele Jahre später, hat dein bester Freund dir deine Verlobte weggenommen."

Dieser Satz traf Ben wie der Blitz. Er schaute Max ins Gesicht und holte tief Luft.

„Verdammt! So habe ich das noch nie gesehen!"

Er schaute Max weiter voll Verblüffung in die Augen und fügte dann hinzu:

„Jetzt, wo du es gesagt hast, ist der Zusammenhang total offensichtlich. Warum bin ich da nicht schon viel früher darauf gekommen?"

„Du hattest diese Geschichte eben verdrängt."

Ben nickte. Er hatte das Gefühl, dass in seinem Inneren ein Knoten geplatzt war. Er war überwältigt davon, wie klar und deutlich ihm dieser Zusammenhang plötzlich vor Augen stand – und wie richtig und stimmig es sich anfühlte.

„Jetzt haben wir jeder einmal geheult", sagte Max und musste grinsen. Sie sahen sich mit ihren roten, verquollenen Augen an und verfielen in einen ausgewachsenen Lachanfall.

*

Als sie sich wieder beruhigt hatten, sagte Ben:

„Jetzt habe ich diese Geschichte zum ersten Mal erzählt..."

„Ja. Und ich freue mich sehr über dein Vertrauen!", sagte Max. „Wie geht es dir jetzt?"

„Gut! Erstaunlich gut. Ich fühle mich irgendwie... befreit!"

„Das freut mich!", sagte Max.

„Vielleicht brauche ich ja jetzt gar keine Therapie mehr!", überlegte Ben.

Daraufhin lachte Max und sagte: „Ja, das wäre schön. Allerdings fürchte ich, du solltest an dieser Sache doch noch ein bisschen mehr arbeiten. Aber auf jeden Fall war das ein guter Anfang!"

*

Als Ben am nächsten Morgen erwachte, tat ihm alles weh. Sein Fußgelenk schmerzte, und er hatte überall Muskelkater. Vor allem in den vorderen Oberschenkeln. Der Abstieg war noch einmal überraschend anstrengend gewesen, obwohl es ja abwärts gegangen war. Die ungewohnte Bewegung nach unten, das ständige Bremsen und vorsichtige Treten hatte enorm an seinen Beinmuskeln gezerrt.

Doch während er ein körperliches Wrack war, fühlte er sich innerlich erfrischt und wie ausgewechselt.

Beim Frühstück traf er auf Max. Auch der war körperlich angeschlagen, aber gut gelaunt, wie immer. Sie unterhielten sich ausgiebig über ihr gestriges Bergabenteuer, und als sie ihre Morgenmahlzeit beendet hatten beschlossen sie, dass sie sich getrennt und jeder auf seine Weise erholen würde. Und so verbrachte Ben den Tag liegend und dösend am Pool.

Es war sein letzter Tag auf Kreta. Morgen würde er wieder zurück nach Berlin fliegen. Max hatte eine Woche länger gebucht.

Die Schonung machte sich bezahlt: Am Abend hatten die Schmerzen soweit nachgelassen, dass er nach dem Dinner mit Max zum Abschied einen Strandspaziergang in der Abendsonne machen konnte.

Die beiden stapften durch den Sand und plauderten über dies und das. Schließlich sagte Max:

„Ich finde es sehr schade, dass du morgen schon abreist. Ich fand unseren Austausch und unsere kleinen Abenteuer sehr schön!"

„Ja, das fand ich auch!"

„Und ich möchte dir nochmal danken."

„Wofür?"

„Für deine Offenheit. Und für dein Vertrauen. Ich weiß es sehr zu würdigen, dass du deine Geschichte mit mir geteilt hast."

„Aber was! Dafür muss ich dir danken! Du warst es ja, der es geschafft hat, mich soweit zu bringen. Und ich möchte dir danken, dass du mich dazu gebracht hast, den Berg zu besteigen. Es war eine einzigartige Erfahrung."

„Das war ich nicht, der dich dazu gebracht hat. Das war jemand anders!"

„Ach so? Und wer?"

„Der heilige Antonios. Ich habe diesen Wunsch im Höhlentempel auf den Zettel geschrieben, und Antonios hat ihn erfüllt."

„Wirklich?", lachte Ben und setzte dann hinzu: „Aber vielleicht war es auch Hermes?"

Die beiden mussten lachen. Dann sagte Max:

„Apropos danken: Fast hätte ich vergessen, dir noch einen Tipp mit auf den Weg zu geben, der mir immer sehr geholfen hat. Und zwar ist das eine Sache, mit der du jeden Tag etwas für dein Glück und deine Zufriedenheit tun kannst."

„Raus damit!"

„Auch ein Tipp von den anonymen Alkoholikern. Jeden Abend setze ich mich hin, nehme mein Notizbuch – ich habe ein ganz ähnliches wie das, das ich dir geschenkt habe – und da schreibe ich jeden Abend fünf Dinge rein, für die ich an diesem Tag dankbar bin. Für ein gutes Essen, für ein gutes Gespräch, für einen guten Einfall, für einen Moment, an dem ich gelacht habe – ganz egal. Eine Regel ist nur, dass ich niemals einen Punkt zweimal aufschreibe. Jeder Punkt muss neu sein. Und du wirst lachen: meistens fällt mir etwas ein. Und wenn mir doch mal so gar nichts einfallen will, dann schreibe ich, dass ich dankbar bin, dass ich gesund bin, dass ich genug Trinkwasser habe – Dinge also, die wir oft als selbstverständlich hinnehmen, die aber für sehr viele Menschen auf der Welt gar nicht selbstverständlich sind."

„Und das machst du jeden Abend? Ohne Ausnahme?"

„Genau. Jeden Abend. Das ist für mich so selbstverständlich wie Zähneputzen. Nur dass ich auf diese Weise sozusagen die Seele putze. Denn so fühlt es sich an. Man lenkt jeden Abend die Aufmerksamkeit auf das Gute, das wir tagtäglich erleben und man macht es sich bewusst. Probier es aus! Du wirst dich wundern, wie viel Gutes dir auf einmal ins Bewusstsein kommt, was du sonst gar nicht wahrnimmst. Auf diese Weise trainierst du deine Seele, die Aufmerksamkeit auf das Positive zu lenken. Du trainierst sozusagen deinen Glücksmuskel."

Ben musste lachen. Dann sagte er:

„Das hört sich wirklich gut an. Ich werde es ausprobieren. Versprochen!"

„Fang am besten gleich heute damit an. Du kannst ja dafür dein neues Notizbuch benutzen", sagte Max mit einem Augenzwinkern.

„Also, eine Sache weiß ich jetzt schon, die ich nachher schreiben werde. Ich bin dankbar, dass ich dich kennen gelernt habe!"

Max lächelte und sagte:

„Das geht mir ganz genau so. Ich würde mich sehr freuen, wenn wir uns in Berlin wiedersehen."

„Das möchte ich sehr gerne, Max. Du bist für mich zu einem ganz besonderen Menschen geworden... Wie soll ich sagen? Als wärst du der Vater, den ich mir immer gewünscht habe..."

Max lächelte ihm in die Augen und antwortete:

„Ich habe in den letzten Tagen etwas ganz Ähnliches gedacht: Dass du wie der Sohn bist, den ich nie hatte. Also, wenn du einen guten Freund haben möchtest, der immer für dich da ist und mit dem du reden kannst, dann stehe ich dir gerne zur Verfügung!"

Schweigend nahm Ben ihn in den Arm. Dann standen sie einen Moment etwas verlegen da, bis der Jüngere sich schließlich räusperte und sagte:

„Das wird jetzt aber ganz schön sentimental..."

„Allerdings. Und dann auch noch am Strand im Sonnenuntergang...!"

Ben musste lachen und sagte:
„Das ist echt kitschig!"
„Grauenhaft kitschig!", fiel Max in das Lachen ein. „Lass uns lieber schnell gehen!"

*

Die beiden verbrachten ihren letzten gemeinsamen Abend im Entertainment-Bereich des Hotels. Heute war Karaoke-Abend, und Christos war wie beim letzten Mal voller Energie und in Hochform. Max und Ben saßen da, beide mit alkoholfreien Cocktails, und sahen den Darbietungen der mehr oder weniger talentierten Hotelgäste zu, bis Max fragte:
„Und? Wirst du heute mal was singen?"
„Oh Gott... im Ernst?"
„Warum nicht?"
„Puh... ich weiß nicht.... und dann auch noch ohne Alkohol..."
„Wir könnten zusammen was singen."
Ben überlegte, dann sagte er:
„Okay. Warum nicht..."
Sie ließen sich von einem der Nebentische einen der Ordner mit den Songlisten geben und schauten hinein.
„Wie wäre es mit dem?", fragte Max und zeigte auf einen Titel. Es war *Heroes* von David Bowie.
„Ein tolles Stück...", sagte Ben, „aber ist das nicht eigentlich ein Lovesong? Die Leute werden denken, dass wir ein Pärchen sind."

„Das Gute ist ja", sagte Max, „dass es vollkommen egal ist, was die Leute denken! Und ich finde, der Text passt einfach gerade."

Ben zögerte einen Augenblick lang, dann sagte er: „Du hast Recht!"

Als zwei junge Frauen ihre Interpretation von *I kissed a girl and I liked it* unter Beifall beendet hatten, fragte Christos in die Runde, wer als nächstes wolle, und als Max den Arm hob und mit der anderen Hand auf Ben zeigte, bat der Grieche sie nach vorne. Bens Herz hämmerte heftig, als sie unter stürmischem Applaus die Bühne betraten. Das Playback startete.

Und dann sangen sie.

Ihr Gesang war ziemlich gut, fand Ben, und das Publikum fand das wohl auch, denn ihr Auftritt wurde quittiert mit begeistertem Jubel. Viele Gäste sangen lauthals mit. Schon nach wenigen Takten war Bens Lampenfieber verschwunden, und er spürte, wie wohltuend es war, nach so langen Jahren wieder zu singen. Es machte einfach nur riesigen Spaß. Als sie geendet hatten, kehrten sie unter tosendem Beifall zu ihren Plätzen zurück.

Bald darauf räumte Christos das Feld und eröffnete die Tanzfläche, die auch sofort von einer ganzen Schar Hotelgäste gestürmt wurde.

„Na, jetzt bin ich ja mal gespannt!", sagte Max. „Mich würde es nicht wundern, wenn du jetzt auch noch tanzen würdest."

„Na dann“, sagte Ben und stand auf.

Ziemlich perplex sah Max ihm zu, wie Ben zur Tanzfläche marschierte und anfing zu tanzen. Max folgte ihm, und so tanzten sie zusammen. Sie wurden freudig von den anderen Tanzenden begrüßt und angefeuert.

„Wir haben Fans!“, lachte Max. Und fügte dann hinzu, mit Blick auf Bens Beine: „Wieso kannst du auf einmal tanzen?“

„Ich weiß nicht... erstens habe ich einfach Lust dazu, und außerdem habe ich in meiner Suite heimlich geübt!“

„Du hast es faustdick hinter den Ohren, mein Lieber!“, lachte Max.

*

Vor dem Schlafengehen begann Ben mit dem Training für seinen Glücksmuskel. Er nahm sein Notizbuch und schrieb:

- Ich bin dankbar, dass ich nach so langer Zeit wieder gesungen habe.

- Ich bin dankbar, dass ich zum ersten Mal in meinem Leben richtig getanzt habe.

- Ich bin dankbar, dass ich wieder weiß, wie es ist, lebendig zu sein.

- Ich bin dankbar, dass ich jetzt weiß, wo ich hin will.

- Ich bin dankbar, dass ich einen wunderbaren Freund gefunden habe.

Anschließend ging er auf den Balkon und schaute hinaus in die Nacht. Tief in seinem Inneren spürte er, dass auf dieser Reise etwas Bedeutendes begonnen hatte. Dass sein Leben eine folgenschwere Wendung nehmen würde. Der Weg würde nicht einfach sein. Große Herausforderungen standen vor ihm, schwierige Prüfungen – aber auch neue Chancen, neue Freundschaften und womöglich eine neue Liebe?

Er fühlte eine frische Kraft in sich, diesen Weg zu gehen. Würde er am Ende finden, was er suchte: Sein persönliches Lebensglück? Eine innere Stimme flüsterte ihm zu, dass etwas Großes auf ihn wartete...

Nachwort

Ich hoffe, du hattest eine schöne Zeit mit diesem Buch!
Bitte hinterlasse eine Bewertung bei Amazon!
Oder noch besser: eine Rezension.
Vielen Dank!

Die Geschichte von Ben und Max geht weiter!

Der alte Mann und die Liebe
Von der Kunst das Herz zu öffnen

Ben steht vor seiner größten Herausforderung. Ihm ist klar: Er wird nur dann inneren Frieden finden, wenn er die Wunden der Vergangenheit heilt. Und ehe sich Ben und Max versehen, befinden sie sich auf einer neuen Reise in den Süden.

Während Max dem Jüngeren auf seinem Weg mit Rat und Tat zur Seite steht, enthüllt er Ben, wie es ihm gelungen ist, eine so langwährende, glückliche Beziehung zu führen wie mit seiner verstorbenen Frau Anna. So erfährt Ben eine Menge handfester umsetzbarer Ideen und Tipps, mit denen die Liebe lange lebendig bleibt.

Das neue Buch von Philipp Sommer:

Der Traum des Adlers

Eine inspirierende Reise in die Fülle des Lebens

Wer „Die Möwe Jonathan" und „Der träumende Delfin" mochte, wird dieses Buch lieben. Eine märchenhafte Erzählung über Freundschaft, Glück und den Mut, frei zu sein

170 Seiten

Auf dem Laufenden bleiben

Möchtest du informiert werden, wenn neue Titel von mir erscheinen oder andere Neuigkeiten erfahren? Dann abonniere meinen Newsletter.

Besuche meine Website:
www.sommer-philipp.de

Hast du Fragen, Kommentare oder Anregungen? Oder sind dir Fehler aufgefallen? Auch damit bist du auf meiner Website richtig!

Zu guter Letzt wünsche ich dir alles Gute und natürlich ein großes Stück vom Glück!

Herzlichst,
Philipp Sommer

Impressum

Philipp Sommer
c/o skriptspektor e. U.
Robert-Preußler-Straße 13 / TOP 1
5020 Salzburg
AT - Österreich

Kontakt

Nutze bitte statt der Postadresse meine
E-Mail-Adresse:

philippsommer1@gmx.net

Printed in Poland
by Amazon Fulfillment
Poland Sp. z o.o., Wrocław

16382443R00103